U0135010

洪範文學叢書 ㉚②

唐倩的喜劇

陳映真小說集2〔1964-1967〕

陳映真

洪範書店 印行

目次

一綠色之候鳥

1

雨刷啦刷啦地下著。眷屬區的午後本來便頗安靜，而況又下著雨。我正預備著斯蒂文生的一篇關於遠足的文章，覺得不耐得很。中學的時候，就聽說過他的英文是怎樣的完美。到了大學的時候，便很熱心地讀遍了他的文章。那時候也不知道爲什麼，總以爲學好英文，便什麼都會有了。現在對出國絕了望，便索性結了婚，也在這個大學擔任英散文的教席。我於是才認眞的明白了我一直對英文是從來沒有過什麼眞實的興味的。但是奇怪的是我在各級學校時的同學、老師們，乃至於現在的我的學生們，都很誇讚我的英文。這起初也使我有些兒高興。但是近來，特別是像現在預備這一篇Walking Tours的時候，簡直憎厭得很。

這樣地一個人發著呆的時候，窗外雨中的門忽而響起了一聲微弱的、卻極爲沉沉的聲音。我想是妻回來了，便望著那在雨中被刷洗得很乾淨的門。但是過了很久都沒人按鈴。我忽然想起一件往事，禁不住一個人微笑起來：

「陳先生，」伊說：「我想學英文，請你指導我，好嗎？」

我當然謙虛了一番。伊便說：

「請不要客氣啦，我聽說你英文很棒。」

伊然後便訴說伊在師範學校裡的時候，學校方面是怎麼不注重英文，英文老師又如何的不行，顯得很苦惱的樣子。我大概便回說：指導是當不起，彼此研究就是了等等類似的話罷。但當時我卻一下子記起來幾天前在大使館裡那個A・羅哲爾參事說的話：

「陳先生，你的英文很美麗。你曉得我們該多麼歡迎你到我們的國家去，可是我們有規則，有原則的。我們很抱歉，但是你了解的，可不是？」

我說：

「呵，是的，我當然了解的。」

於是乃握手如儀。A・羅哲爾參事的大手上，閃閃著很細的汗毛，發著黃得發紅的光澤。

而伊當然沒有把英文學好。現在想起來，伊是個多詭計的、有些虛僞的女人。但我們便這樣戀愛起來，而且結了婚。

這樣想著，我便逐漸想念著伊了，畢竟還只是新婚的人呢。現在書是怎麼也看不下去了；把很無聊地陳說著遠足之功用的那一段文字，反反覆覆地讀了幾遍，卻怎麼也不能明白。然而心裡卻很執拗地爲剛才門外的一聲輕擊，弄得很不安寧起來了。

——會是郵差送信來嗎？

於是便冒著雨去打開信箱。信箱裡卻什麼也沒有。我開了門，也只見一條在雨中很寂寞地躺臥著的甬道，以及許多密密地關閉著的別家的門。忽然我聽見一陣撲翼之聲，才發現了一隻跌落在打開了的門底下的綠色的鳥，張著很長的羽翼。人拳大小的身體在急速地喘息著。

2

妻終於回來了的時候，我已將那綠鳥安置在一個鉛網編成的捕鼠籠子裡了。

「看看這是什麼。」我對妻說。

妻甫浴罷。窗外依然緊密地下著雨。妻對鏡而粧；伊的那種用絹巾包住了頭髮的風情，我一直是很喜歡的。伊將雙唇含成一條細線，用心地上著面霜。

「喂，」我說。

伊在鏡子裡瞟了我一眼。伊的極深而大的眼睛，會使你那麼微微地怵然一驚。

「喂，看看這是什麼東西。」我說。

伊在鏡中注視著置在案上的捕鼠籠子，皺起伊的那已經洗掉了眉墨和鉛華的眉宇。

「啊！」伊說。

伊於是坐到我的身邊來。伊說：

「什麼東西？」

我約略地告訴伊我找到這綠鳥的由來。自然我沒有告訴伊那時我慾望著伊的心情。伊只是說：

「啊！」

我本就不是喜愛小動物的那種男人。但我卻可以從伊的這一張白油油的彷彿面具的臉上，讀出來伊不只是不喜歡這綠鳥，甚至有幾分厭惡的意思罷。我忽然因此有些忿忿起來。結婚以後，我便發現了伊是個多詭計而又有幾分虛偽的女人。在戀愛著的時候，伊便把用以和我接近的英文功課全丟了。那時伊看見了小孩，總是又親暱又和順。我尤其不能忘掉伊在我面前怎樣地愛撫著伊家的那隻白色的、壯碩的、但似乎一直對我不曾懷過好意的牡貓。我那時竟眞的這樣對自己說：

——一個喜歡小孩和動物的女人，會是很好的妻子罷。

這眞是見鬼的荒唐事。其實伊從不曾喜歡小孩的。任了講師的去年，我對伊說可以有個孩子了。伊說：

「不要。不要，不要！還早嘛！」

我笑著。但心裡卻第一次感到一種不可自由的凄苦的情緒。而於今伊對於綠鳥的熱情竟遠不如我。但伊卻絕不是一個沒有情熱的那種女人。尤其在某些方面。

風鈴在雨的傍晚的風裡叮噹起來。這綠色的、不知其名的鳥，在籠子裡默默地瑟縮著，牠的羽色翠綠，喙長而略勾，雙爪深黑、粗大而結實。它就是那樣地瑟縮於一隅，不作一聲地彷彿標本一般。

3

幾天以後，雖然我爲綠鳥買了一個很北歐風的籠子，供了鳥食和水，但牠依然只是瑟縮著，也不食、也不鳴。這樣一來，把我這從小便不曾對鳥獸之類關心過的我，弄得有幾分心焦起來了。心思本該比較柔細的妻，卻一直很肆意地表現著伊對於綠鳥的那種過分的漠然。有一夜，就寢的時候，我說：

「這不成的，這不會給活活餓死嗎？」

妻吃吃地笑了起來。

「你就是神經病，」伊說，輕輕地搓著我的臉：「放牠走，不就成了嗎？」

似乎除了這麼辦以外，眞的是別無他法了罷。我起身將鳥籠打開，掛在院子裡的矮樹上。荒唐的是，像我這樣漂泊了半生的人，竟因而有些爲之凄然起來了。妻在身後擁著我，伊輕聲說：

「不要神經病了罷！」

我良久沒了話說。伊便很驚訝地也沉默起來。燈光照著伊的白油油的、無眉毛的、卻十分女性的臉。那夜我一直睡不安寧。我不住地想著一隻空了的鳥籠；想著野貓的侵害；想著妻的面具般的臉。

但第二天一清早，我依舊看見那綠色的飛禽在晨曦裡瑟縮在開放著的籠裡。我因是感到一種隱秘的大喜悅，妻附和著我的喜悅。妻說：

「牠竟不走呢！」

就在這天在我不知什麼原由在休息室裡談起家裡的鳥。我明知道這是個極愚蠢的話題，但我卻止不住要談起牠來。

「哦，這眞是奇異的事。」教英國文學史的趙如舟說。

「趙公對鳥類，熟悉罷？」我說。

「不然，不然，」他說：「雖然家鄉是個多鳥的地方，但我並不專門。」

趙公於是述說在家鄉的春秋之際，常常有各色的禽鳥自四方飛來棲息，然後又飛上牠們的旅途。他說：

「故鄉多異山奇峰。我永遠忘不掉那些禽類啁啾在林野的那種聲音。現在你再也看不見牠們成羣比翼地飛過一片野墓的情景了；天又高，晚霞又燒得通紅通紅！」

他於是笑了起來，當然是很落寞的一種笑。

趙公將近六十，卻沒有多少白髮。據他自己說，青年時代還是個熱情家呢。他翻譯過普希金、蕭伯納和高斯華綏的作品，至今還能有一點數目不大的版稅收入。但這畢竟是青年時代的舊事了。十多年來，他都講著朗格的老英文史。此外他差不多和一切文化人一樣，搓搓牌；一本一本地讀著單薄的武俠小說。另外還傳說他是個好漁色的人，但這也不過是風傳罷了。何況他又沒有眷屬在此，這或許並不太足以爲罪的罷。

但至少他是個絕對無害的、晴朗的老教授。在休息室裡，只有他一個人能不作矜持，而開口招呼像我這麼年輕的人。所以，從此他幾乎每次都問起綠鳥的消息：

「陳公，怎樣？」他說：「怎樣？還是不吃嗎？」

「呃，不十分知道，」我說：「我注意著的時候，從來不曾見牠啄食的。內人和我都上班，這中間就不知道了。」

他的傾聽使我眞是感激。因爲我明白地看見那並不是話題而已。他總是彷彿要眞切地得著一些關於那綠禽的什麼消息回去才滿意。有一次他忽然說：

「陳公，試試小魚或野生的果實看。」

他的臉閃耀著老人的興奮，以至於有些喘息的樣子。我也很以爲是，一下課便匆匆地繞到市場上去辦一些新飼料。

果然那綠鳥找到了牠適合的食物了。牠由此不再瑟縮，反而在那北歐風的小籠子裡跳來跳去。遇著好天氣，牠竟也會啾啾地啼囀起來。

「呵，那是什麼樣的聲音呢？」有一次趙公熱心地問起來。

「乍聽起來，它和一般的鳥鳴無甚差異；也只是啾、啾罷了。但細聽又極不同。那是一種很遙遠的、又很熟悉的聲音。」

趙公突然沉默起來。他點起板菸，忽然用英文輕慢慢地誦起泰尼遜的句子：

Sunset and evening star
And one clear call for me!

「學生問我：這個 call 到底是指什麼。」趙公接著說：「我就是對他們：『那是一種極遙遠、又極熟悉的聲音。』他們譁笑著說不懂。他們當然不懂！」

「是的。」我說。

「他們怎麼懂得死亡和絕望的呼喚？他們當然不懂！」

他笑了起來，當然也是一種落寞的笑。他抽著板菸，又「叭、叭」地把口水吐在地板上。這是很不儒雅的，然而我的心竟然微微地作疼起來，彷彿他在一口口地吐著他的苦楚。這是很和平日的爽朗不似的。

「十幾二十年來，我才眞切的知道這個 call，」他繼續說：「那硬是一種招喚哩！像在逐漸乾涸的池塘的魚們，雖還熱烈地鼓著鰓，翕著口，卻是一刻刻靠近死滅和腐朽！」

「趙公！」我說。

我們終於還是在他的嘻笑中散了。我不敢說我能十分瞭解他的悲楚感，那大約無非是老年的一種心境罷了。但素來不喜愛泰尼遜的那種菲力士丁底俗不可耐的自足和樂觀的我，聽見這種對於他的詩的這麼悲劇化了的理解，還是第一次。

4

這以後約莫一個禮拜的光景罷。我到大學附近的一家館子用午飯的時候，一進店門便看見趙公向我招手，我走到他的枱子。他說：

「這裡坐罷。我們正好在談著你家的那隻blue bird呢！」

我於是向著和趙公同坐的一位穿著藍長衫的瘦小的長者點頭示意。趙公說：

「這就是陳公。這位是季叔城，動物學教授，我的老朋友。」

我們都說久仰久仰，然後便都坐了下來。

「一個半月前便從趙公那裡聽說您得了一隻奇異的綠鳥兒。」季公用一種如今廣播員都不會用的京片子說了話。那種語言溫文而又體貼，使這個健康顯然不佳的老教授頓時顯得很莊重起來。

「是啊，是啊。」我笑著說。

「我們是多年之交，每天在一塊吃飯。」趙公說著，一面便爲我們的新杯子斟著酒：「他緊問我，我也緊向你打聽。」

這樣，三人便笑了起來。

據季公自己說，他有一個臥病已經七八年的妻子，是個極愛小動物的女人。季公偶然把我得著那飛禽的事說給伊聽，立刻便引起了伊極大的興趣。

「伊每天總要在進餐的時候問起你的綠鳥兒，我便只好從趙公這兒帶點談助回去了。」

季公說著，不時有些羞怯地迴避我的眼睛，而且微微地漲紅了臉。於是我便又說了一些綠鳥的近事，並且爲它描寫了一番。

「綠色的鳥是一向不少的，」季公說著，因著沉思而皺起了眼鏡後面的眉宇：「可是光只是這麼聽您講，是不容易判斷的。」

我於是便邀他到家裡來看，不料他卻是個極端膽小而客氣的人。在回家的路上，我一直忘不掉這一對相依爲命的老夫妻。心裡想著：那種愛情一定和我的不同的罷。他們像誰了？像愛倫・坡。但我一下子便爲這個不倫不類的聯想獨自笑了起來。

5

我和妻談起了季教授的事。就寢後總要無目的的說些話，不知什麼時候起竟成了習慣了。

「咦，何不把牠送給他們？」妻說著，伸手將枱燈熄掉了。寢室的牆壁上便立時由院子裡的小燈印上那北歐風的鳥籠的影子。綠鳥靜靜地停在中央，把羽毛鼓得圓圓的，如一隻球。妻的話像涼涼的水澆在我的心上，漫然地流遍全身。我看著那牆上的影像，心想送給季公那樣的人也確是好的，而況他又有一個病妻。

第二天下班以後，我便偕妻帶著那個很北歐風的鳥籠到東眘區去拜訪季教授。他開門一見是我們，竟而有些慌張起來。他怯怯地將我們請進客廳，尚未坐定，他便幾乎下意識地接去我們的鳥籠。妻忙說：

「知道季太太喜歡，我們特地送來的。」

季公一下子便漲紅了他那衰老的、卻極優美的臉。他說：

「不敢，不敢！」

這樣彼此推讓了一番，他突然說：

「那麼我讓伊看去。伊一定喜歡！」

說著便很興奮地走進一個房間，又在身後小心地關好房門。

我和妻相視而笑。從不曾知道季公是這樣的一個手足無措的人。客廳的擺設很簡單，卻一點兒也不粗俗。最令人注意的是，這個差不多缺少了一位主婦的家庭，竟是這麼井井有條，窗明几淨的。我們沉默地坐著，一種說不清楚的氛圍使一向饒舌的妻——若在別的場合裡，伊一定會趁此低低的嘮叨些什麼的罷——也只是那樣默默地坐著。我讀著一幅聯上的草書時，季公開了房門，說：

「內人在裡面，請裡邊兒坐罷。」

那是一個同客廳差不多大小的房間。季太太已經起著半身迎著我們。有兩件事很在我們的意料以外：第一是伊的優雅。伊的臉並不是沒有病的顏色，卻看不見全部的枯萎。伊的臉瘦長，配著睫毛很深的有些朦朧的眼，使鼻子分外的精神。伊的嘴笑成一條細長的弧；頭髮稀少，卻梳理得很妥貼，身上的睡衣、床上的被褥，都極乾淨。第二是伊的年輕，是很使我們吃驚的。

季公為我們介紹了，妻說：

「我們特意來看您，而且把牠送給您。」

季妻只是笑著，眼睛閃爍著很漾然的異采。我看見妻已經為季妻的美貌，發著極大的好感了。季公說他的妻因病不便開口說話，妻便很難過地點著頭，說：

「是，是。」

又趕忙對伊笑著，那笑臉是又同情、又友愛的。

籠子被掛在一個向陽的大窗口上。綠鳥不斷地跳動著，致使那個很北歐風的籠子輕輕地動盪起來。陽光斜斜地照進房間；窗外是一個不小的庭院，種著幾簇綠油油的竹子；滿院都是各色的花卉，卻也不禁問著說：

「那些，都是自己種的嗎？」

「噯，」季公笑了起來，卻看不見原先的羞怯了：「伊喜歡，我又懂得一點，又有的是地，便種著玩兒。」

妻卻無心於此，而頻頻地向季公問著季妻的病況和歷史。季公一節節詳細地答著。在同情和歎息裡，使我們接近了許多。

辭出來的時候，妻緊緊地抱著我的臂膀。默默地走了一段路，伊忽然搖著被伊抱住的我的臂膀，說：

「我要有一天也那樣躺著，你要怎麼辦？」

這是十分女人的問題。然而我原先因著綠鳥而來的對伊幾分敵意，卻因這個拜訪煙散了。

「你怎麼辦嘛！」伊說。

「我會收拾細軟，開溜！」

伊於是使勁地捶著我了。夜已然很夜了，滿天都是細碎細碎的星星。

6

次日，我迫不及待的想看趙公，卻一直等到下午第二節下了課，才在休息室看到他。我立刻把綠鳥送了季公的事告訴他。趙公笑著說：「我方才也見過季公，我一向不曾見過他那麼快樂過。」

我也笑了起來。能將一件需要的禮物送給像季氏夫婦那樣的人，實在叫人心滿意足。

「季公叫我告訴你一件事，」趙公說：「說他昨天徹夜研究的結果，那綠鳥據說竟是北國的一種候鳥。什麼名字我說不上來。學名有四五個音節，又不是英文，我也記不住了。」

據說那是一種最近一個世紀來在寒冷的北國繁殖起來了的新禽，每年都要做幾百萬哩的旅渡。季公說如果這個判斷不錯，那麼這綠鳥——至今我仍無以名之——一定是一個不幸的迷失者。候鳥是具有一種在科學上尚無完滿解釋的對於空間和時間的神秘感應的。然而終於也有在各種因素下造成的錯誤罷。趙公說：

「可是季公說，這種只產於北地冰寒的候鳥，是絕不慣於像此地這樣的氣候的，牠之將萎枯以至於死，是定然罷。」

然而我一點也看不出它的萎殆。它不是還跳躍，又啾啾啼囀嗎？

話題轉到季公的病妻。

「一個眞是可憐的女人，」趙公說，微微地用板菸斗指著我，說：「你知道嗎？」

「什麼？」

趙公莊嚴地說：

「是下女收起來的——沒想到罷！」

我悶聲沉吟了起來。我說：

「怪不得我說季公會有那麼年輕的妻子。」

八、九年前還在B大的時候，已經頗有了年紀的季公忽然熱情地戀愛著他現在的妻子。這在B大成了極大的騷動，學期不曾結束，季公便帶著伊到這個大學來。但歧視依然壓迫著他們。季公便一直默默地過著差不多是退隱的生活。所幸他的課還頗受歡迎。趙公說：

「你知道他從前印過一本《中華鳥類圖鑑》的嗎？——呵，你不會知道的，那時他才出三十歲。」

第二年他們有了孩子，這個「身分」不同的結晶，不料竟帶來更多惡意的耳語。「生下了那個男兒，伊便奇異地病倒了，一直到如今不能起來。」趙公說，不勝唏噓得很：「孩子大些，便帶到南部婆家，一方面好讓母親養病，一面也由於不讓孩子在壓迫的眼色中長大。」

季公尙有一個兒子，卻很不以這事實爲然。父子便幾乎因而成了陌路。季妻病倒以後，家中一切鉅細，都由季公一人操作的。

「啊！」我說。

「你到過他家了！你看看他的房間、庭院、妻子的湯藥、晨晚梳洗，都是他一雙手做的。」

「啊！」我說。我於是落入極深的沉思裡了。我們慢慢走下系大樓，看見青年們像往時一般來往校園裡。但我的心卻有往時未曾有過的衰老和哀傷的重苦之感了。

從此，季公一天天地煥發起來。他從家裡帶給我們綠鳥以及季妻日益進步著的健康的消息。

「伊能吃些麵食了，」季公說，聲音有抑不住的喜悅：「我一直就信著伊必有好起來的一日——否則，這天地之間，尚有公道嗎？」

我也便天天在就寢的時候，把綠鳥的消息和季妻的病情帶給妻。伊再也不是漫不經心地一面讓我愛撫，又一面漫應著了。伊像小孩子一般追問著細節，歡喜著、祝福著。

「季太太好了，我們一定是好朋友。這樣我在眷屬區便不寂寞了。」妻說。

季公、趙公和我們，便這樣在綠鳥上結下親密的友情了。

7

就在這樣頻傳著病況看好的有些令人興奮的半個月後的一個早晨，趙公突然來報信說是季妻死了。

我和妻立刻趕到季家去。一進季家，妻就止不住嚶嚶地哭泣起來。季公只是靜靜地坐在床邊的籐椅上。季妻的全身覆蓋著白色的被單。依然是滿院的紅、白、黃花，依然是綠油油的竹；只是這些竹都怒開褐色的尖削的竹花兒。

「昨天晚上七時四十分，伊忽然拉住我的手，」季公說，攤開他的雙手，自己端詳著：「伊說：『季先生，我眞不能過了。這些年，眞苦了你。』」

我們都沉默著。妻極力地忍著，卻怎也不能不又低低地抽泣起來了。

「就是這樣，」季公說：「我喚伊，已不能應。等我去打電話叫醫生，回來已經不成了。」

綠鳥竚自佇立在那個很北歐風的籠子裡，也不跳，也不鳴，卻愼愼地望著一晴萬里的初秋的天空。

陸陸續續地來了奔喪的人。季公的大兒子，是個身體很高大的男子。來了不久便一手掌管了喪事的大小事務了。娘家是一對樸質的農人夫婦。應該是岳母的那個晒黑了的老農婦，以略具旋律的聲調哭個沒停。一個約莫五、六歲的男孩，披著一身孝服，肅然著他的很淸秀的小臉。應該是季公的么兒罷。

當夜死者入殮的時候，季公竟忽然號泣起來了。我大約永世也不能忘懷那種男人的慟哭的聲音罷。差不多是單音階的、絕望至極地的哀號，使喪家頓時落入一種慘苦得不堪的氛圍裡。那位應該是岳丈的老農夫開始輕輕地勸著他。到後來連慟哭著的岳母也止住了哭聲，也勸起季公了。然而他就是那樣放聲號泣著，使他的那個身體極高大的兒子，也有幾分無頭緒起來了。

那夜，妻在路上，在就寢的床上，時而也切切的哭著。我似乎第一次看見了妻的這個我從未曾知道過的一面，甚至也得哄著伊了。然而我只能說：

「不要哭了，不要哭了，啊啊，不要哭了，好嗎？」

從此以後，我和趙公在休息室裡，彼此便失去了往日爲季氏夫婦，以及因而也爲綠鳥熱心傾談的因由了。我們大約只是默默然地各抽各的菸草和板菸。聽見上課鈴響，便各自夾著書分手而去。一種悲苦如蛆蟲，如蛛絲一般在我們的心中噬蝕著，且營著巢。這種苦楚也大約多少同樣地感染著妻的罷，致使在我們照例要在熄燈前漫不經心地談著話的時間裡，都只能沉默地仰臥著，聽著彼此呼吸聲，或者注視一在牆之東、一在牆之西的兩條米黃色的、怪乾淨的壁虎。

幾天過去了之後的一夜，我盯著天花板，忽然想起日間趙公說的話：

「兩個忌週了！」趙公說。

我忽然驚於他的一向朗笑的臉，於今竟很削瘦了。我漫應著說：

「眞快啊。」

「記得那夜季公那樣地慟泣嗎？」趙公說。

「嗯，嗯。」

「能那樣的號泣，眞是了不起……眞了不起。」他說。

我沒回話。沉默了一會，他忽然說：

「我有過兩個妻子，卻全被我糟蹋了。一個是家裡爲我娶的，我從沒理過伊，叫伊死死地守了一輩子活寡。一個是在日本讀書的時候遺棄了的，一個叫做節子的女人。」

我俯首不能語。

「我當時還滿腦子新思想，」他冷笑了起來：「回上海搞普希金的人道主義，搞蕭伯納的費邊社。無恥！」

「趙公！」我說。

他霍然而起，說：

「無恥啊！」

便走了。

天花板的漆有些脫落了。我說：

「喂。」

「嗯。」妻說。

「那一天請趙老和季老來家裡吃一頓飯罷。」

「嗯。」妻說。

「大家都太難過了。這不好。」

妻又哽咽起來。這一夜破例由我熄掉了燈。我順勢將伊偎進懷裡。但那彷彿是死囚們的擁抱，是沒有慾望的。我感到伊的悲楚滲入我的臂膀裡了。

8

然而趙老畢竟沒有來吃飯。好幾天沒見著他，才知道忽然得了老人性痴呆症，被送進精神病院去了。趙老孑然一身，並沒有親人。校長因我與趙公善，便把我算進身後處理的一個小委員會裡。我們同去清點他的遺物時，才發現他的臥房貼滿了各色各樣的裸體照片。大約都是西方的胴體，間或也有日本的。幾張極好的字畫便掛在這些散佈的裸畫之間，形成某種趣味。一說他的病與淋病有關。這忽然使我想起易卜生《羣鬼》中的奧斯華在發病前喊著說：

「太陽！太陽！」

而趙公會喊些什麼呢？

9

一個月後妻也忽然死了。那是怎樣也預料不到的事。然而伊卻死了。入殮的時候，我望著伊的白油油的，彷彿面具的臉，感到生平不曾像這個片刻那樣愛著伊。我沒法像季公那樣地號泣，致使娘家有些忿忿的意思了。然而我卻深信妻必能了解的。我忽然想起趙公話：

「……能那樣的號泣的人，眞是了不起呵！」

喪事完畢，已過去一個禮拜了。第八天，季老和他的稚子忽然來訪。季老削瘦憔悴，神色滯緩，前後判若兩人。

「爲什麼沒讓我知道呢？」季公說。

「彼此都難過，還是不勞傷神的好。」我說。

沉默了一會，季公說：

「什麼時候？」

「一個禮拜——不，八天了。」我說。

孩子在院子裡一個人玩起來了。陽光在他的臉、髮、手、足之間極燦爛地閃耀著。

「一個禮拜——不，八天了？」季公說著，鈍鈍地搬著指頭算起來。

「這孩子眞標致。」我說：「像你，也像母親。」

季老移目望著孩子。他說：

「不要像我，也不要像他母親罷。一切的咒詛都由我們來受。加倍的咒詛，加倍的死都無不可。然而他卻要不同。他要有新新的，活躍的生命！」

於是我們無語地枯坐了約莫半個小時。我感到自己眞像趙公所說的那一塘死水中的魚。只是我連鼓腮都不欲了。季老終於站了起來，要走了。他說：

「節哀順變罷！」

「謝謝您。」我說：「您自己也多保重。」

送他們出了門，季公在門外說：

「綠鳥不見了。我算一下，也正在八天前。籠門關得好好的。竹子開花本就不好，而況開得那麼茂盛。」

他們於是走了。我關上門，風鈴很淸脆地響著，初秋的天空又藍又高。我想：

——季家的竹花，也眞開得太茂盛了：褐褐的一大片……

——一九六四年十月《現代文學》二十二期

獵人之死

獵人阿都尼斯，是並不像傳說裡說的那麼美貌、那麼年輕又那麼勇敢的。在臨近了神話時期的廢頹底末代，通希臘之境，是斷斷找不到一個浴滿了陽光的、鷹揚的人類的。其實阿都尼斯是個蒼白的傢伙。他的蒼白使他的高個子顯得尤其的惡燥了。更壞的是，他是個患有輕度誇大妄想症的人。因而他是一個孤獨的，狐疑的，不快樂的人。

這個孤獨的，狐疑的而且不快樂的傢伙，據說還確乎是一個狩獵人。然而從不曾有人看見他馳騁縱橫於林野之間。他只是那樣陰氣地蝸居在他那破敗的小茅屋裡，間或也吹著他的獵號。而那號聲也差不多同他的人一樣地令人不快樂，而且有時竟至於很叫人悒悒的。

那時候，夏天已經有些遲暮了。愛琴海的風，老是那麼輭輭地吹拂著，甚且夾帶著頗爲濃郁的月桂樹的馨香。許多的羊齒很怒然地長滿了獵人的茅屋的四週。陽光從破碎的葉蓋中像台菲爾廟的柱子那樣地漏洩了下來。愛之女神維納斯便出現在那光柱裡，讓溫暖的陽光擁抱著。

獵人阿都尼斯站了起來。在那個極其遙遠的古代的希臘，你知道的，一切都是早已被宿命規定了。獵人阿都尼斯便這樣地遇見了維納斯，就像我們所熟知的那樣。他迎了上去，看見伊的手臂被蒺荆輕輕地劃傷了，且淌著血，染紅了凝白凝白的玫瑰花朵。他深受感動了。他說：

「多麼安靜的夏天啊。」

便笑了起來。那是一個很困倦的，令人發疼的笑臉。

一種戀愛的感覺頓時流遍了伊的裡面，伊喟然地說：

「呵，年輕的獵人啊！」

然而獵人阿都尼斯看起來並不十分年輕的。那是另外一種蒼老的罷：一種悒悒不歡，一種孤獨而來的蒼老，彷彿一隻在未熟之際便枯乾了的果實。他碩長而痴呆，有一種稚幼又茫然的表情。他只是說：

「多麼安靜的夏天呵！」

一雙鷓鴣從不遠的草地上撲翼而起，斜斜地刺向一雙並立的橄欖樹梢去。維納斯看著那困乏的、而且差不多不識慾情爲何物的他的眼睛，便忽然地想到伊的男人；想到那已經差不多快過盡中年的戰爭之神麥爾斯了。

「阿弗蘿黛特！」麥爾斯說，開始很混濁地喘著氣了。

兵戰之神總是用希臘名喚著伊，于是便近乎自暴自棄地抱著伊。他的眼睛是昏闇的，張滿了放縱的卻又很無氣力的色慾。維納斯又總是那樣地閉起眼睛。伊只能期待著一次新的充足。但這期待又似乎帶有些絕望的感覺。

「阿弗蘿黛特！」

麥爾斯說。他已經有些衰弱了，就像他們的那個昏庸的，污穢的，充滿了近親相姦的諸神底世界。

維納斯挽著獵人，戀愛的感覺使伊覺得差不多很幸福了。橄欖樹梢裡的一雙鷓鴣開始歌唱起來。有誰能比這愛情之神更易於感受愛情呢？伊喟然地說：

「阿都尼斯，阿都尼斯！」

這使他一下子很溫柔起來了。他的很痴呆的臉鬆弛著，彷彿極其困頓的樣子。獵人阿都尼斯看著伊的很漾然的眼睛，感到一種很令人憂愁的快樂了。伊也是並不若傳說裡那樣的一個美貌的女人。而且倘若沒有那一雙漾然底眼睛，維納斯甚至於是平庸的罷。然而裹在希臘的長袍裡的伊的身體，或許應該說是豐腴的。那長袍和飄然的披肩，十分優美地摺疊著很漂亮的線條，就像我們在雕像上看到的那樣。只是伊有些矮小，自沒有石像那麼樣修長的腰身。這短小的身柄，便使伊顯得侷促了。伊的頭髮暗紅，在那麼輭輭的海風裡，稍稍地紊亂著了。

在遠遠的林蔭道上，白的和黃的蝴蝶交錯地劃著圈圈子。對於維納斯，這眞無疑地是一個戀愛的好季節啊。然則伊又想起伊的麥爾斯了，倒不是因著欺罔的不安，而是想到這個有著彷彿一雙病鴿底眼睛的凡塵裡的獵人，是一點兒也沒有一種男人的淫蕩底狡慧的呵。

「獵人哪！」伊說。

他停了下來，滿滿地俯視著伊。他的痴呆的臉有一種無以名之的自負。他的鬍髭已經開始很離譜地長滿了他的頰和顎了。伊笑了起來，又忙著收起那樣惡戲的笑。然而有誰能抵擋這愛情底女神呢?他吻了伊的頭髮，伊便那麼熟巧地在他的寬鬆的衣服裡抱著他的背。他們跌落在草地上。

然而我們的獵人確乎是一個十分笨拙的做愛者。這笨拙使他自己很是憂悒，而且甚至於有些對自己生著氣了。他的痴呆的臉因此便很顯得沮喪。

「阿都尼斯。」

伊喟然地說。他只是那麼忿忿著他的臉，卻又那麼柔情地吻著伊的頭髮。他的散亂的眉宇鎖著，因此整個的大而痴呆的臉便顯得尤其之蕪雜了，像秋天的墓地。伊撫摸著他的寬袍裡的胸：柔輭而缺乏運動的胸。伊忽然也憂愁了起來，眞不曉得爲什麼。

「阿都尼斯。」伊說：「請愛著我罷。」

阿都尼斯很失措起來了。他靜靜地坐著，搓著搓著手掌上的垢。他的誇大妄想症逐漸地使他有一種悲壯的感覺了。他柔情地說：

「我是個不幸的人。」

他於是不由自己地沉醉在他自己製造的悲戚裡了。他說：

「我是個不幸的人。我是無能於愛的罷。」

這自然是一個那麼放縱著生命，又那麼熱切地愛著生底感覺的我們的愛之女神所不能了解的罷。雖然終伊底一生，伊一直都像一隻不能停棲的鳥那樣地尋找著愛情底眞實，而且每一次都在折翼失鳴底痛苦中失望了。但伊從來不曾像這個年輕的獵師那樣地說是無能於戀愛的。一次又一次新的戀愛的感覺，給予伊一次又一次新的幸福底希望和幻滅。然而伊卻一刻也沒有想過，一如這個痴呆的大男人那樣：

——我是無能於戀愛的了。

或許這便正是伊底悲哀的罷。然而伊是很被這樣的一個陰柔底男人所引動了。伊用伊的耳朵搓揉著他的柔輭的，缺乏運動的胸，說：

「哦，來安居於我的國罷，愛。」

「我是不幸的呀！」他空茫地說。

維納斯忍不住伊天生的惡謔，便笑了起來：

「哦，來罷，來罷，我年輕的獵人。」

他的痴呆的臉，因著溫情和憂愁曲扭起來了，像一個瀕於死的人那樣。他說：

「我是個獵人，你知道的。」

「那麼與我同棲，不再狩獵了罷。」

「你知道的，我是個獵人。」他說。

「然而你沒有劍，沒有弓，也沒有矢。」伊惡戲地說，而後又極其女性地幽怨起來。伊說：「來罷，與我同棲。有什麼比戀愛更値得你追狩的呢？」

「我沒有弓，沒有矢，也沒有劍。」他慘然地笑了。他是那麼熱心地醉心於他妄想底悲劇感裡的呵。他說：

「但我追狩的，並不是這地上的山豬。」

他深深地看著林蔭底深處。依舊是黃的和白的蝴蝶在上上下下地飛舞著。鷓鴣們已經很聒噪著了。對於維納斯，這該是個多麼好的醇酒與愛情底季節呀。然而獵人阿都尼斯只是喁喁地說：

「我所追狩的是一盞被囚禁的篝火……。」

維納斯把玩著獵人很醜陋而單薄的手，吃吃地笑了起來。

「因此我一直被宙斯和他的僕從們追狩著，像一隻獵物。」他說。

維納斯看著他的很粗俗的鼻子上冒著很不健康的冷汗。他在他自己的妄想裡亢奮得很了。在伊所閱歷了的男子之中，是從沒有一個像這樣地柔弱而陰氣的。他們也都有著一種弱質：一種卑鄙的、低賤的、愚拙的內底弱質罷。但他們都強壯如牛，而且在慾情裡都毫不猶豫，不知饜足，像那些追逐嬉戲於牧野的半人半羊的精靈們。其實他並不是沒有情慾的人。即便是那麼拙笨的抱擁和愛撫裡，他的男性也毫無錯誤地興奮著。他只不過是一個因著在資質上天生的倫理感而很吃力地抑壓著自己的那種意志薄弱的男子罷了。或者他是個理想主義者罷。而且在那麼一個廢頹和無希望的神話時代底末期，這種理想主義也許是可以寶貴的罷。然而，其實連這種薄弱的理想主義，也無非是廢頹底一種，無非是虛無底一種罷了。

「他們終於會得著我的。」他說。他很頹然了，而且有一種宿命底悲哀之感。他的心智顯得那麼絕望，又那麼溫柔。他說：

「他們終於要得著我的。」

女神爲這種伊所不知的悲楚弄得很無頭緒起來。伊斷乎不是一個不識悲楚底人。當伊爲伊所執著地需要的男人所棄的時候，伊是苦楚的，而且十分之苦楚；當伊在情慾底昏暗而濃濁的日子裡忘不掉伊的極裡面的荒謬和不曾滿足底感覺時，伊是苦楚的，而且十分之苦楚；當伊縱恣地捨棄了一個男人，而又被那麼穢亂，那麼絕望，那麼衰敗的神們的世界弄得極爲憎憮至於又強烈地慾望著另一個抱擁，另一個懷抱的時候，伊是苦楚的，而且又是十分之苦楚的。但兩種不同底苦楚因著或一種共同底頻率而共鳴了。伊於是十分女性地憂愁了起來，幾乎流下眼淚。

「哦，不要罷，不要罷！」伊說。

「哦哦！」他說。

「不要罷，不要了罷。」伊說著，捶著捶著他的胸：

「不再追狩了罷。讓我們棲止，讓我們相愛罷。」

年輕的獵人輕輕地抱著伊底肩膀。他的青蒼的唇印著印著伊暗紅的頭髮。他困頓地說：

「他們又終於會得著我的。」

「不行。」

「我會被棄屍於野地裡。」

「不行。」

伊說。然而伊不覺之間有些厭煩了。一個太弱質的男人，弱質到殺風景的男人。然而有誰能抵擋一個愛之女神呢？伊於是有些忿忿了。

「我的屍身將四分五裂，」他的妄想活躍著：「我的屍身將蒼白如青玉。」

伊的天生的惡戲很猙獰起來了。伊差不多要摒棄他於不顧。但伊底惡戲又使伊很奇異地慾望著他。一個色白的，缺乏運動的身體呵！伊想著。伊於是說；

「那麼讓我枕著你白白的屍首罷。」

「哦，哦哦。」他說。

「然後讓紫藤掩蓋我們。」

伊笑了起來。他感動地說：

「哦，哦哦。」

「掩蓋我們的眼睛，掩蓋我們的名字。」

「哦，哦哦。」他說。

伊猛然地一個翻身，便擁抱著他。伊將伊的頭嵌著他的頸窩裡了。伊說：

「我流浪得慵了，阿都尼斯！」

那時鷓鴣們不再咕咕了。那時也不見了林蔭道上的白和黃的蝴蝶們了。只是夾帶著月桂底馨香的風，老是那樣綿綿地吹著。年輕的獵人有些錯愕起來。他輕聲說：

「維納斯，維納斯！」

伊很頹然了。伊看著他的因爲憂愁而顯得很滑稽的臉。他的臉驚慌而無頭緒，看來雖不是沒有溫情，卻因沒有一點意志力而有一種低能者的虛弱感。這樣一個薄弱的男人，能給予什麼？伊因此就覺得十分無助力了。所以便有些苦楚和悲憫所混合底感覺了。

「我眞流浪得慵了，」伊幽幽地說：「讓我們戀愛起來罷，阿都尼斯。」

伊說著，便覺著一種大倦怠襲來，令人癱瘓。這已是夏之暮了。然而一切有生命的，一切植物的葉子和莖幹，都那樣怒然地生發著。但是伊卻一下子拂不去那大的倦怠。

「眞是流浪得慵了。我不住地從一個男人流浪到另一個男人……」

伊說著，頓時有些自暴自棄起來。腐敗的諸神的世界十分紊亂地在伊的裡面鼎沸著了。那個顢頇的，愚昧的兇暴的世界；那個穢亂的、廢頹的、陰濕的世界呵。

「然而你始終未曾愛過的嗎？」他說。

他的衰弱的溫柔很感動了伊底疲憊的心。伊微笑了起來，伊的漾然的眼睛閃爍起來了。

「然而你始終不曾愛過的嗎？」

他堅持地問著。他會時常有一種不十分能令人了解的嚴肅，就彷彿現在那樣。伊一下子便想起伊底第一個情人，那個自負而且狡詐的鐵匠之神弗爾甘了。然而伊卻說：

「我不曉得。」

伊便無可奈何地笑了起來。伊確乎十分沉溺地戀愛過那個狡黠的鐵匠的。伊底第一個青春（那時伊曾多麼年輕呵）：第一次愛情；而且第一次慾情底生活：那樣堅硬而狹小的情慾生活。伊笑著說：

「我不曉得。愛著的時候總覺得比什麼都眞實。然而一旦過去了，卻又總是那麼單薄又那麼空茫。」

那時他們曾那麼集中地生活在感官的悅樂裡。然而他終於離開了伊了。這樣的離合在神們的淫亂的世界裡，是並不離奇的。但年輕的維納斯卻無疑地受了傷了。那曾是何等的疼楚的呵。然而至於今，這一切都只是一場春夢罷了。伊不知道弗爾甘的去處。他於今也該衰老了罷。伊想起那冶鍊之神的一隻惡戲而壯美的手臂；那隻曾因著嫉妒的盛怒而掌摑了伊、撕碎了伊底服飾的有力的臂。然而那嫉妒的盛怒並未曾是他的愛情。他們在憤激的爭執中又共宿了一夜。伊於是才知道他們已經相離很遠了。而那便是伊的長年流浪的開始罷。伊喟歎起來了，說：

「然而我眞流浪得懨了。」

「那麼你也是個無能於愛情的了。」

獵人阿都尼斯說。疲倦的維納斯忽然吃吃地笑了起來。司愛情的女神而無能於戀愛。有誰能說這樣的話嗎？伊於是不可自抑地笑著。伊想起了許多伊閱歷了的男人們：那些淫蕩的精靈們，那個開始逐漸肥胖起來的飲喧之神巴考士；那個陰氣而已老邁了的笛師奧菲厄斯；那個遺棄了可憐的亞麗安尼的英俊而粗魯的底索斯，那個總是用希臘名喚伊的兵戰之神麥爾斯，以及許多伊所不復記憶的名字，不復記憶的身體。伊於是有一點兒憂煩起來了。伊看著這個稚氣得十分愚拙的年輕的獵人，忽然說：

「阿都尼斯。」

他卻沉默著。而且那是一種很誠實的沉默。伊注視著他的大而笨重的頭顱底側臉。在這樣的側臉上，伊看見了一個智能薄弱者的可憫的水一樣的清純。伊爲這清純弄得又惡燥又心疼了。伊說：

「阿都尼斯，你還追獵嗎？」

「哦哦。」他說。

他很困惑地鎖著他的很亂雜的眉宇，因此他的臉便看來極爲悒悒了。他輕輕地撫弄著伊的頭髮。月桂和橄欖底香味在黃昏裡格外濃郁起來。他只是困頓地說：

「哦哦。」

「讓我們棲息了罷，阿都尼斯。讓我們都不復流浪。」伊說。

「流浪？」

「流浪，是的。」伊說。

他沉吟了起來。那已是夏之暮了。所以這林野底黃昏實在叫人溫柔。伊說：

「我在愛情之中流浪著。而你卻在愛情以外漂泊著。」

年輕的獵人聽了，便那樣似是而非地微笑了起來。而維納斯爲這樣的一個笑臉引動了伊的溫柔了。伊又復感到一種戀愛與幸福的十分女性的渴望了。這樣的渴望不知有多少次出賣了伊，使伊下墮，使伊自棄。然而當這樣柔細又這樣的溫暖的慾望重又點燃的時候，伊總是那樣虔誠地亢奮起來。伊柔聲說：

「來罷。來同棲於我的國裡罷，年輕的獵人。」

「不。」他說。

「來罷。」

「不。你知道我是個獵人。」他說。

「來罷，來罷。」伊說。伊便整個地蕩漾在溫暖得很的激情裡。伊說。

「來罷，年輕的獵人哪。」

「一個不幸的獵人。」他說，聲音有些咽瘂了。

然而他們便那樣不可自主地互相地擁抱起來。林野裡暗淡了下來。蟲們逐漸很囂鬧地鳴奏起來了。而遠處的樹木，包括那一雙並立的橄欖樹，都越來越成爲一幢幢十分婆娑的影子。很孤單的月牙兒升上來了。

很孤單的月牙兒一整夜都不曾下去。而且一直到次日的淸晨，還隔著一顆又大又黃的星星勾在西天邊上。那夜維納斯便留在獵人阿都尼斯的破敗的小茅屋裡。請不要發笑罷。因爲如你所知，阿都尼斯是個意志薄弱的可憐的男人，而況有誰能拒絕愛情之神的試誘呢？所以那天夜分以後，年輕的獵人終於很衰弱地說：

「維納斯。」

「嗯。」伊說。

「維納斯。」他說。他的亂雜的眉宇因著愛情舒展開來了。維納斯極安靜地笑著。伊說：

「嗯。」

「留下來罷。」他的困乏的眼瞼低垂了下來：「夜已經遲了。」

維納斯沒有笑。那個孤單得很的月牙兒在黝黑的枝椏梢上銳利地彎著。伊用食指在他的袒裸的右胸上默然地劃著圈。那圈圈越縮越小了，而終至於成爲一點。伊將伊的唇印在這一點上。他很微弱地戰慄了起來。而其時夜也頗爲寒冷的。

清晨的霧氣在林野裡昇騰著，彷彿飄著的乳色的紗。年輕的獵人和這愛情之神走出那差不多便要傾圮的茅屋。伊很溫柔地抱著他的臂。這樣的過份的溫柔使蒼白的阿都尼斯有些苦惱了，而且甚至有些屈迫底感覺。他幾乎什麼也記不清楚了。然而在那時刻伊分明說了：

「阿都尼斯！」

那是一種驚詫和喟然底聲音。他沉默著，而且極力地抑壓著有如小小的山嵐似的喘息。

「你竟是童貞的呵！」

伊說著，頓然感到悲傷了。伊的過份的溫柔便是從那時開始的罷，彷彿一個不意之間打破了父母的愛物的小孩子那樣，在驚慌裡乖順起來。伊輕柔地說：

「傻瓜。你這傻瓜呵。」

他依然沉默著。童貞的破棄，竟比他所想像的還要平板無奇的。他甚至於一點兒哀惜的感覺也沒有。只不過是那樣地蕪雜，那樣地急促而不可思議罷了。但在這些浮浮而且茫茫的裡面，滿滿的都是伊的過份的溫情。伊幽然地說：

「這便就是人生啊。」

他於是有些憎惡起來。然而他卻一直那麼深深地沉默著。那時分他忽而聽見夜鶯不知道什麼時候起便遠遠地唱著。那歌聲使他安靜。

許多的禽鳥們在清晨的林蔭之中極熱烈地啁啾起來。女神的長袍在披帶了露珠的蕨和羊齒的地上拖曳著。獵人的臉蒼白有如清晨的東天，卻看來安詳得很。孤單的月牙兒在晨光中顯得很單薄了。他看看漸次飛散著的霧氣，說：

「維納斯。」

「嗯。」

「童貞原是這麼個可笑的東西呵。」

伊笑了起來。女神將頭靠著他的肩，忽然地想起許久以前失去了的伊自己的童貞。這樣一來伊便不可自主地有些悲傷起來了。這種悲傷逐漸使伊不曉得爲什麼生著氣了。伊努力地抵抗著這種憤憤的感覺。伊說：

「你是一個傻瓜呵！」

林野裡開始暖和起來。遠遠地有鷓鴣的嘝嘝之聲，卻不知道是否正是昨日的一雙了。霧和腐葉的氣味清鮮得有些撩撥人。阿都尼斯低垂著臉，感到一種動悸。他想起昨夜伊也是這麼說：

「你是個傻瓜呵！」

那時他依然躊躇著。他爲伊的那麼無拘束的惡戲弄得很懊惱了。伊又說：「點上燈罷。」

「哦哦。」他說。

「請點上燈罷，我不喜歡黑暗。」

他依舊躊躇著。然而他終於點燃了如豆的燈。他的臉紅了起來。伊喟然地說：

「你是個傻瓜呵。」

他站立在那裡，看見在如豆的燈下底伊的胸、伊的腹的線條，很受了感動了。伊的眼閃耀著。並不一定是一雙情慾的眼色罷。但卻似乎是一雙美食家的眼色。

獵人阿都尼斯沉默地走著。在越發明亮起來的晨光中，他看起來毫無血色。其實不知道何以這兩人在這時候看來都那樣地醜陋。他們看來浮腫、骯髒、倦怠而且鄙俗。他們以滑稽的身影在林野中走著。當然，那孤單的月眉是早已消失了。他的沉默使伊覺得慌亂。

「阿都尼斯。」

伊說。那聲音依然是那麼女性地溫柔而且馴順的。伊爲伊自己的那樣的聲音弄得凄楚起來了。那只不過是一個匆促而且慌亂的一夜罷了。然而伊已經感到了那種分離的情緒。這情緒使伊驚慌，簡直不知所措了。伊從不曾這樣快地對一個男人感到這種分離的闇影。這闇影總是在一定底時辰將伊自一個男人的擁抱中拉開；或者將男人從伊底抱擁中分開。伊於是緊緊地抱著獵人的臂，伊憂傷地說：

「說些什麼罷。」

「說些什麼呢？」他滯呆地說。

「說些什麼罷，阿都尼斯。」

他便鎖起他的亂雜的眉，眞的要想說些什麼。

「我有一個感覺。」伊忽而說。

伊抬頭望著他，看看那張寬大而痴呆的臉。伊於是爲一種不知道是悲憫著他或者自己的那種悲憫所擊中了。伊無聲地說：

——我們要離開了嗎?然而實則伊只是說：

「一種泥濘的感覺。」

他極眞切地沉思著伊的話，然後他說：

「什麼?」

「一種泥濘的感覺。下雨的時候，泥濘的感覺。」

他於是很和善地笑了起來。這笑臉使伊心酸。伊又復感到很強烈底流浪的感覺了。伊忽然想起利地亞的海岸。太陽照著乾淨的白色的沙灘。牧童們在極爲峥嶸的石壁上唱著淫猥的情歌。伊記不淸那時的那個男人。然而伊卻鮮明地記著那些漂泊的船隻們；那些雕刻著艷笑的裸的女體做爲船頭的船隻們；那些陣陣傳來的帶著酒臭的水手的歌聲。

「去過利地亞嗎?」伊說。

「利地亞?」他說。

「喧飲之神巴考士的遊踪所至的利地亞。一個遙遠的國土。」

他沒有說什麼。他看著伊的抑制著某種憂心的差不多辨不淸男女了的臉。伊恁恣地說：

「我曾一度是那快樂的巴考士的衆妾之一。」

「我什麼地方也沒到過。」他說：「而你卻流浪了許多地方。」

伊實在惡燥起來了。伊噘著唇，鄙夷地說：

「你是一個傻瓜呵！」

「然而我們都一樣地躲著什麼。」他說：「一樣地流放著自己。」

「喔，喔。」伊嘲弄地說。

「維納斯。」

「……」

「其實我不只是個傻瓜呢。」

「唉唉，阿都尼斯。」伊說。

他們在一面不甚大的湖邊停了下來。湖邊長滿了鳶草、蕨類和羊齒。開始有些刺眼了的陽光在湖面上跳躍著。獵人阿都尼斯依然很和善地笑著，彷彿他頓時明白了他所長久困惑著的難結似的。他說：

「我其實只不過是虫豸罷了。」

維納斯無助地攬著他的發肥了的腰。伊愴然地說：

「阿都尼斯！」

「你使我成爲一個男人，」他說著，把著伊的手。那是一隻豐滿的可愛的手：

「我覺著幸福。但我們都遲了。」

伊沒有說什麼。那時候露水已經乾了。愛琴海的風依然只是柔輭地吹拂著，且夾帶著濃郁得很的月桂的芬芳。他們坐在湖岸，看見樹木們很涼爽地倒立於水中。年輕的獵人微笑著說：

「或者你依然要流浪的嗎？——比如說，到遙遠的利地亞。」

伊依舊沒有說什麼。現在伊已不復迴避那闇色的離愁了。伊又想起利地亞的白色的沙灘，利地亞的歌聲來。伊聽著他喁喁地說：

「然而流浪的年代行將過去。」他說著，站立起來。他的青蒼的身影映在水裡。他撥弄著伊的暗紅色的頭髮，溫情地說：「我們都是很岌岌的危城。寂寞的，岌岌的危城，誰也扶庇不了誰。」

他愉悅地涉足於湖水之中。女神說：

「阿都尼斯。」

「我無非是虫豸罷了。」他伸著懶腰說：「我得回到一個起點去。那裡有剛強的號聲，那裡的人類鷹揚。」

「然而我的耳已聾，聽不見號聲。我已死亡，鷹揚不起來了。」

「維納斯。」他柔聲說：「我唯願我不是虫豸。或許你依然要流浪下去的罷。」

伊看見他走向湖心，水將及於腰。伊說：

「阿都尼斯！」

「但流離的年代將要終結。」他說：「那時辰男人與女人將無恐怕地，自由地，獨立地，誠實地相愛。」

他回首望著呆立在湖岸的女神。他看來平安。唯他底臉色蒼蒼如素。他笑著，說：

「那時在愛裡沒有那闇色的離愁底鳥影。請不要流浪了罷。」

就是這樣，我們的可憐的獵人便滑進湖心裡去了。他的白色的衣服在水中恍惚著，彷彿一條巨大的白色的魚。或許他便是死在一種妄想的亢奮裡的罷。那時維納斯便朝樹蔭底深處狂奔而去，伊底暗紅色的頭髮憤然地飛舞著，一如火焰，而且自此便不知所之了。

不過根據羅馬詩人奧維德的本子，則說是獵人阿都尼斯死後，湖邊便立時長了一棵瘦弱的水仙，寂然地守著它自己的蒼白底影子。至於維納斯，據說也變成了一種流浪的渡鳥，永不止息地夢著一處新底沙灘，一個新底國土。然而自從獵人死後，那個古老而墮落的衆神的世界，確乎整個地動盪起來了。那時火種早已自普洛米修斯神之手開始流散在人間。我們便這樣地將歷史從兇惡而充滿了近親相姦廢頹的奧林帕斯山的年代，轉移到人類底世紀了。

——一九六五年二月《現代文學》二十三期

兀自照耀著的太陽

陳哲趕到小淳的家，已經黃昏了。小淳家的老傭人一見是他，便抖抖顫顫地哭了。一路上死得很沉沉的他的心，便一下子蕪亂起來。他問著說：

「怎麼樣了呢？嗯？」

小淳家的老傭人只是低低地哭著。他一抬頭，看見魏醫生在陽台上，而且就要下來的樣子。陳哲那麼板板地揚了揚手，說：

「這就要上去了，就要上去了。」

魏醫生筆直地站在陽台上，頂著高而且闊的秋的黃昏的天空。傭人慢吞吞地關上門以後，魏醫生的狗忽然在院子的那一邊，很不耐煩地吠了起來。

陳哲在陽台上草草地和醫生握手，魏醫生有些發青的臉，即便是在這種時刻，也揭不去那種職業性的冷漠的。陳哲這才開始有些悲哀起來了。他說：

「怎麼樣了呢？」

魏醫生打開客廳的門，陳哲不料竟看見在一張巨大的白色的病床上，斜斜地躺著顯然又長高了的小淳的身體。

「啊——」他驚喟著說。

「睡著了，」醫生輕聲說：「可是我曉得，不會太久的了。」

陳哲專心注視著病床上的女孩。他逐漸地看見了裹在被單的伊的胸，在輕微地卻不失規律地起伏著。

「京子。」醫生用日本話說。

陳哲望了望通往臥室的門。虛掩的門上掛著一張巨大的日曆，精印著西斯利的憂悒的風景畫。他走近病床撫摸著鋁質的架子。小淳的臉斜斜地埋在乾淨的枕頭裡。依然是那麼一張樸素的臉呵。

「勞累你了。」醫生說。

陳哲微笑著，卻並沒有看魏醫生。他忽然看見小淳的手在被窩外輕柔地握著拳。這是一隻曾把幾何習題寫得像刺繡似地工整的靈巧的小手，依舊瘦削得十分嶙峋。然而身體卻長高了許多。陳哲看著在被單裡隱約地起伏著的稚氣的乳房，感到胸口止不住絞疼起來。

「兩天前惡化了的。」

醫生說著，爲他的客人搬著一隻沉重的椅子。陳哲走上前去幫著放好椅子，免得弄出聲音來。

「喂，京子。」醫生說。

「Hai。」臥室裡回應著。

「長大了呵。」陳哲說。

他抬起頭望著臥室的門。西斯利的憂悒的風景畫寂然地垂落著。一種抑制著的極低的抽泣聲很安靜地流了出來。

「坐罷。」醫生無力地說。

小淳依然輕微地，卻不失其規律地呼吸著。醫生在床頭的籐椅上坐了下來。窗外的天逐漸昏暗了，便使一室燈光那麼溫暖地凝聚起來。

「陳先生。」

走出臥室的京子招呼著，便那麼日本風地彎下腰。陳哲無言地也站起來彎著腰。

但這個醫生的日本妻子似乎怎麼也忍不住要哭出來的樣子，便又迴過身子用手絹摀著嘴。陳哲看見伊的仍然很美好的頸和一頭濃郁的髮。他默默地坐了下來，交握著手。

「小淳昨天早晨說要見你。」醫生說。

陳哲看著抽長得有些不相稱的女孩的身體，苦笑著：

「長大了許多啊。」

「初以爲還不礙事的。」魏醫生說：「要請你來，一趟路程，夠遠的。」

「但是還好的，」陳哲說。

「今天一早就說一定要見你。」醫生說。

醫生望著坐在一邊的他的妻子。這個深深地憂愁著的日本女人正慢慢地疊著伊的手絹。陳哲忽然說：

「魏醫生。」

京子第一次注視著陳哲。他覺得伊的目光像什麼東西似地貼在他的側臉上。他蹙著眉喫力地說：

「魏醫生。……可是小淳看來多麼平安。」

醫生的青蒼的臉依然封凍著，卻不是看不出一種激動在不可抵抗地翻騰著。他說：

「我一生也不知道看過多少死亡的了。」他看著病床上的女孩：「但從來不曾這樣地在生命的熄滅前把自己打倒了。」

「把自己給打倒了？」

「呃。對罷？京子。」醫生說。

京子夫人咬著伊的薄極了的嘴唇，喫力地，卻很有教養地說：

「可是，不論怎麼樣……」

伊終於忍不住被女性的悲愴給嗆住了。伊掙扎著，說：

「不論怎麼樣，只要這個孩子好起來……」

陳哲移目看著完全暗了下來的窗外的夜幕，聽見伊說：

「……一定要好好的活著。……可是，你這個孩子，請好起來罷！」

「好了，啊！」醫生勸著說，把手放在伊的肩上，旋又放下。

客廳只聽見京子的泫泣的聲音。質地很好的掛鐘在西邊的牆上嗒嗒地響著。小淳卻依然那麼微弱地沉睡著。醫生面向他的妻子。柔聲地說：

「喂。……在客人面前……好了罷。」

這時候樓下院子裡的狗忽而吠叫起來。在這夜分裡，總是有幾分刺耳的。魏醫生站了起來，說：

「大約是許炘他們罷。」

醫生走近窗子，從陽台往下看著。陳哲注視著醫生的中等軀幹。他很想隨便找句話對京子說，卻不料京子先說了：

「在城裡，一定熱鬧些罷？」

「呃。」

「……」

「請不要太憂慮罷。」他說。

京子夫人在一瞬間直視著他，卻又在一瞬間瞥開了。伊愁困地笑了起來。雖然是許多日子以前的事了，陳哲仍然不能不有一種心膈爲之縮緊的感覺。他因著一種絕望而微微地懊忿起來。他虛弱地說：

「何況事情並未確定。」

「謝謝。」

京子夫人開始反疊著手絹的時候，客廳的門輕輕啓開。進門來的果眞是許炘夫婦。許炘對陳哲說：

「你來了！」

「呃。」

許炘的妻子菊子便緊挨著坐在京子夫人的旁邊，把一隻手伸進京子的臂彎裡，緊緊地抱著。許炘弄了另一隻籐椅坐在陳哲的右邊。

「勞累你們了。」醫生說。

「說那兒的話。」菊子說：「你們也應該休息休息的。」

菊子然後告訴陳哲說魏醫生夫婦已經有兩天沒睡好了。

「哦哦。」陳哲說。

菊子依然——不，或者更漂亮了，陳哲想。他忽然想起許炘生了第三個孩子的時候，曾經對他說：

「男的呢！」他笑著：「好像我說生什麼就生什麼。」

陳哲自然向他道賀了。許說：

「然後，不生了。把這第三個帶到能走了，叫菊子好好保養身段……。」

「來不多久罷？」許炘說。

「他來了好一會了，」醫生說：「眞是……。」

「沒什麼。眞的。買票，轉車都很順利。」陳哲說。

醫生看看手錶，便抓了抓伸在被單外面輕柔地握著拳的小淳的手。京子站到醫生的身旁。客廳沉靜下來，只剩下魏醫生夫婦小心翼翼地做著檢查。

「蓋了一棟房子，最近。」許炘細聲說。

「哦。」陳哲說。

「一棟小平房。」

「哦，哦。」

許炘看著故意轉過頭去看著魏醫生夫婦的菊子，點上一根紙菸。

「許炘！」菊子蹙著眉宇說：「病房裡，怎麼好——」

「對了，對了。」

香菸丟在陽台上，陽台外的夜色凝重得不像一個秋的夜。然而畢竟有月亮小小地貼在右首的天空。風輕弱地渡過陽台的時候，使窗幔細微地飄動起來。

「結婚了五年，第一次獨立起來住的。」

許炘很認眞地微笑起來。

「哦哦。」陳哲說。

菊子把這些都聽進去了。伊想：竟對一個獨身的男人說著這些啊。伊和許炘一直不互相明說地希望有獨立門戶的一天，直到公公爲了叫許炘出面代理一家美國農藥商而另外開了店舖，公公才說：

「三十四五了。好好的做給我看看！」

許炘依然只是笑笑。公公說：

「大學也讓你念了。想想我小學畢業的也撐了這幾家店。」

菊子也笑著。但那夜伊在丈夫的枕邊細聲地說：

「許炘，就做給爸看罷。」

伊哭了起來。許炘慌了。他說：

「我要做的，我要做的。」

陳哲忽然說：「孩子有多大了呵？」

「哪個有多大了？」

「我是說第三個孩子。」

「剛能走路。」菊子說。

陳哲看著綻開的花一般的菊子，想著在都市裡也不容易看見這麼野俗卻強烈的美姿罷。魏醫生和京子在牆邊洗著手。

「怎麼樣了呢？」許炘用日本話問著說。

「啊啊。」醫生說。菊子立起身來，拉著綯摺的裙裾，說：

「不要緊的，是罷？」

醫生用手巾擦著手。京子熱心地望著他。

「啊，」醫生說：「變化不大。倘若到一點鐘還沒變化，就會有些希望也說不定。」

「現在是——」菊子看著銀色的手錶。

「十點四十——六。」許炘說。

陳哲「嘰——嘰——」地上著錶紘。魏醫生坐了下來。菊子幫著京子夫人弄一些咖啡杯子。小淳的睡臉看來十分平靜。並不是沒有病的衰竭，卻在衰竭中有一種不可思議的安詳。

魏醫生用手趕著一隻盤桓在白被單上的朱紅色的小甲蟲。他忽而說：

「我方才一直在想著一些事。」

「嗯。」陳哲說。

「三個月前又有一個礦坑塌了。」

「我讀了報紙，是的。」陳哲說。

「三十多個壓得扁扁的坑夫排滿了樓下的院子。」醫生說。

「這些人啊——」許炘說。

「在這個礦區的鎮上，」醫生說：「就是我方才講的：死亡早已不是死亡了。」

「你還是外頭來的呢，」許炘說：「我從小在這兒長大。這樣的死，就是我父親時候都有了的。」

魏醫生定睛注視著小淳，他的疲倦的青蒼的臉敷滿了某種深摯的遐思。他柔聲說：

「我上來換去血污的襯衫時，」他抬頭望著陳哲，說：「這個孩子，把臉貼住那面窗子上，一個人在流著眼淚。」

陳哲歎了口氣，醫生說：

「我怎麼想呢？我想：那只不過是因爲伊是個女娃兒，何況又在伊的那種感傷的年紀。我走過伊的身後，瞥見窗子外的樓下的院子，是七八具已經斷了氣的屍骸。他們的臉和身都用稻草蓆掩著。家屬們在門外哭號，就是那樣。」

水壺開始沸著了，在夜深的客廳裡「嗤——嗤——」地叫著。京子夫人開始沖咖啡。逐漸濃起來的咖啡的香味飄散著了。魏醫生閉上眼睛，看起來像一個下在監裡的囚犯。他輕聲說：

「那時我甚至沒有安慰伊的。」

沉默了一會，許炘說：

「小淳是個好孩子。眞是好。」

「我想起了什麼，曉得罷？」醫生說，疲憊地笑著。

「嗯？」菊子說。

菊子和京子爲每一個男人端上加了牛奶的咖啡杯子。

「我們在說，小淳是個好孩子。」陳哲說。

「這怕沒有人比你更知道了。你曾是他的老師啊。」菊子說。

陳哲捧著精緻的咖啡杯子，突然想起在這個家裡當著小淳的家庭教師的情景。每次到七時半，京子夫人必定用這樣的杯子盛著咖啡或可可放在桌上，另外還有一盤西點。

「請休息，用點茶點罷。」

陳哲只是欠身致謝。他第一次看見這個女主人，就是那麼不可自抑地戀愛著了。在他看來，那是一種深刻的絕望和嫻靜的感傷所合成的美貌。這樣的美貌對於比現在還年輕的陳哲，曾是怎樣的一種感動啊。陳哲的茶杯上被注滿了濃濃的咖啡。他頓時悸動起來，抬頭卻看見爲他倒著咖啡的菊子的笑臉。他趕忙笑著，說：

「謝謝。」

伊的手彷彿魚一般的豐腴而且尖削。一雙被保養著的、刻意修飾著的手。客廳叮咚咚地響著攪拌的聲音。然後便是低低的啜飲之聲。魏醫生把杯子放在茶几上，從京子夫人的手中接過手絹，細心而又俐落的擦著嘴。他的唇因此泛著血紅。在燈光下他的這樣的臉，是十分漂亮的。魏醫生說：

「我還想了些什麼呢？」他對注視著他的陳哲說：「你起初很不同意我，後來也竟然接受了。我這巴該耶路！」

魏醫生輕輕地拍著後腦勺。他無助地笑著說：

「對罷？……我曾自以爲是另一種人。我的資產，我的教養，我的專業者的訓練，……是罷？」

「……」

「你們與我並不盡相同。這我是知道的，當然知道。但我把你們當做表親似的，終於也是『同族』的罷。是罷？」

是的。在這樣一個盡是拋荒的旱田的礦山區的小鎮上，戰前的和戰後的中產者聚在一起。魏醫生只在上半天開業，下半天便把門戶關起，和他的「同族」們喝著酒，放著唱片，有時也放下帷幕開著小小的舞會。那些日子啊！裝在很精美的玻璃杯子裡的酒；似乎只有醫生一個人懂得的室內音樂；戰前社交界流行的令人迷亂的探戈舞曲……。魏醫生總是靜靜地喝著酒然後就和京子婆娑地跳著舞。許炘夫婦幾乎愛好魏醫生家的每一樣的東西；魚在水裡的快樂，大約也便是這樣的罷。而陳哲總是一個人坐在沙發上，但酒量似乎一回比一回大了。

「讓京子教你跳吧。」醫生說。

陳哲漲紅了酒酣的臉。他衷心地愛著醫生的那種精細的文化人的氣味；然而他卻以全部的聰明掩藏著他對京子夫人的如熾的戀情。所以醫生和京子又跳起舞的時候，陳哲一任那種被友愛、激情和適度的嫉妒加上酒的火熱，焚燒得使他耽溺在一種心的陣疼裡。

是的，那些日子啊！陳哲想著。

「但是淳兒竟那樣地流著眼淚。」醫生說。

「小淳是個太好的孩子」，許炘對陳哲說：「對吧？」

「但我從不知道要爲別人，或者不同族的人流淚的事，」魏醫生說：「淳兒這個孩子啊……。」

菊子放下杯子，把傷心起來的京子擁抱著。菊子做得那麼富於戲劇性。陳哲說：「你的心情我或者知道吧。……你們連日來也太累了。」

「眞的，眞的。」菊子說。

「兩位，或者那一位先休息一下吧。」許炘說。

「不礙事的。」醫生說：「是吧？京子。」

「呃。」伊說。

「我說過：我面對著死亡，不知有多少次了。就是淳兒的死，在我的專門教養裡，也只能有一定限度的傷感罷了……。」

「但是小淳是你們自己的孩子呀。」菊子說。

京子抬起頭來，深思地望著小淳的樸素的臉。伊喃喃地說：

「請好起來吧，小淳。你活著，媽咪一定也要陪著你眞正的活著。」

「我是個醫生，」醫生說：「所以怎麼也不能像媽媽一樣自由地許願。」他無力地微笑起來，說：

「但是現在的心情確是很想爲淳兒的生命跟誰商量，或者交換什麼條件也好。不曾有一個生命的熄滅如此地使我不安，使我徬徨的。」

「比方說，用我們的死來交換小淳，眞的啊……。」京子夫人說。

「是的。我和媽媽忽然感覺到從來便沒有活過。」醫生說。

陳哲深深地坐在沙發上，第一次他感到能自由地直視京子的臉。四十多歲的疲倦的臉，那麼樣的蒼白而且單薄啊。他喟然地說：

「明白了。我們都不曾活著。——誰該活著呢？」

「我們的小淳。」京子夫人說。一種母性的驕傲彷彿一盞燈在伊的鬆弛的眼瞼亮了起來。菊子有些躊躇地握著京子夫人的手。醫生說：

「我們所鄙夷過的人們，他們才是活著的。」

「那些像肉餅般被埋葬的人們。」許炘衰竭地說。

「那些儘管一代一代死在坑裡的，儘管漫不經心地生育著的人們。」

「可是，陳哲……」菊子惶惑地說。陳哲看見菊子正抓著小淳的手。他失聲地叫了起來：

「魏醫生，看看小淳！」

小淳的樸素的臉，異乎尋常地紅潤起來。醫生立即套上聽診器，一手摸著小淳的脈搏。

「小淳。」醫生說。

「小淳，小淳！」京子說。

小淳的眼睛張開了，一泓清澈的秋天的潭水啊！

「小淳。」京子說著，簌簌地流著眼淚。菊子也哭了。

「媽咪，爲什麼哭呢？」小淳說：「爸爸，爲什麼媽咪……」

「小淳，你睡久了。」醫生說。他的銳利無比的眼在小淳的上下搜尋著。京子趕忙擦掉眼淚，指著站起來了的陳哲，說：「看看這人是誰啊。這麼遠的趕來看你。」

小淳看著陳哲，微笑了起來。那樣無邪的笑臉，使陳哲的整個心發疼起來。

「你們想我快要死了，是吧？」小淳說。

「小淳，」陳哲說，一面陪著責備的笑臉。

「我不會的，」女孩說：「天一亮，我就好了。」

小淳的眼睛忽又顯得沉重起來。伊掙扎著要張開，一面漫不經心地微笑著。

「小淳！」京子說。

「呃，呃，」女孩說：「天一亮，我就好了。我不會的，你們放心好了。」

「小淳，看看這是誰？」醫生一一指著說。

「許阿姨；媽咪；許叔叔……天一亮，我就好了。你們要陪伴我到天明……。」

女孩又睡了過去。所有的人都站立起來，圍著病床。魏醫生按著小淳的脈搏。小淳看來安靜，像一般的睡了的女孩。這一次伊的臉仰向著，一束柔細的髮貼在額前的汗水裡。醫生看了看手錶。每個人也跟著看自己的錶。午夜的二時許了。菊子卻在這時嚶嚶地哭了起來，許炘哄著說：

「讓小淳睡罷，讓小淳睡罷。」

「也許淳兒能留下來也說不定。」醫生說，俯視著自己按著脈搏的手。京子握著菊子的手，喃喃地用日本語說：

「請好起來罷……你這個孩子。」

「伊會的。」許炘說。醫生安靜地說：

「要是能好起來就好了。」

「眞的。眞的。」菊子說。菊子於是哽咽起來了：「不曉得爲什麼，就是覺得倘若……。」

「會的。看看那麼安泰的睡吧！」許炘說。

五個坐在床邊的人都看著仰睡著的小淳。被單優美地裹著伊的甫甦醒了的女性的身體，雖然很不願意那麼想，睡著的小淳的模樣，眞像弗羅倫斯文藝復興時代的石棺上的雕像；看來莊嚴，卻不是沒有血肉底溫暖的。菊子接著說：

「……就不知道要怎麼過完往後的日子。」

「那些過去的日子啊——」陳哲說。

「那些絕望的、欺罔的、疲倦的日子。」醫生說。

「成天的躲在帷幔深垂幽暗的房子裡。那些酒，那些探戈舞曲！」京子說。

「記得我在那些日子裡沒有一日不做的美夢嗎？」許炘調侃地說。

「到巴西去！」陳哲說。許炘笑了起來。

「到巴西去。對啦。到巴西去蓋一個牧場，像電影裡說的。每一隻牛都烙著我的姓。讓菊子成爲一個美麗的女主人！」

「許炘！」菊子說。

「我差不多沒有一日不渴想著大的產業，像電影裡看見的。宮闈式的臥房，還有汽車，以及被一大片青草圍繞的安適的家。」許炘說。

「讓我像一件裝飾品似地保養得又年輕、又好看。」菊子說。

「菊子啊。」許炘說。

「這也是我自己渴想了的，不都是你的錯。」菊子說：「唉，那些日子啊！」

「陳哲，這個懂了吧！」魏醫生說：「戰爭前的我，和戰爭以後的他的差別。我不復求產業的發展。我只求保有，——而且渴望保有我的權利，我的業務。巴該耶洛！」

醫生伸著手那麼輕輕地放在小淳的額際。他說：

「巴該耶洛！——保有我的已有產業，保有我的書齋，我的學養，保有我的帷幕深重的小天地！為什麼？因為我的家世、我的資質給我特殊的權利。京子，是吧？」

「呃。那些死滅的日子啊！」京子說。

五個人都輕輕地喟然了。夜慘然地冷冽起來。陳哲想把窗子關起。京子說：

「對不住。窗子還是開著吧。」

「哦。」陳哲說。

「因為這孩子一定要它開著。把病床放在客廳，也是這孩子的意思。」醫生說。

菊子愛戀地看著小淳。伊說：

「會好的，一定。」

「菊子當初最反對把淳兒放在客廳裡。」京子友愛地說。

「可是按著我們的風俗，那太不吉利了。」菊子說。

「然而孩子一直吵著要在這裡的，」醫生說：「我是學科學的人。京子又是頗不受風俗束縛的人。」

魏醫生夫婦有些愉快地笑了起來。陳哲看著稍微變大了的月亮在天邊墜落著。

「可是為什麼呢？」陳哲說。

「為了能看見黎明的陽光。小淳說的。」菊子說。

醫生再度按著小淳的脈搏。他安靜地說：

「如果到天亮時還是這樣的調子，我們的淳兒就會留著的吧。」

「請好起來吧，」京子說：「我們都等著同你一塊兒重新生活呢。對吧，爸爸？」

「嗯。」魏醫生說：「雖然還不曉得要怎樣過新的生活，但總是要像一個人那樣地生活著。」

「是的，像一個人那樣地生活著。」許炘說。

「只要小淳留下來。請好起來。請好起來吧。」菊子說。

京子呵護著激動起來的菊子，溫柔地撫摸著伊的手。京子望著小淳喃喃地說：

「我們可要眞實的活著呢，小淳——只要你同我們活著。」

「雖說那不會沒有困難，對吧，醫生？」

「對的。」醫生說：「但是拋棄過往的那種生活，恐怕無論如何都是一個最基本的條件吧。」

「拋棄那些腐敗的、無希望的、有罪的生活……，只要小淳同我們留下來。」

「眞的，眞的。」菊子說。

小淳依舊平靜的睡著，下墜的橘紅的月，看來彷彿紙燈一般。

凌晨的時分了。一股不可抗拒的睡意侵襲著他們。京子夫人和菊子互相依傍著睡熟了。他們低垂的臉，彷彿夜裡的睡了的水仙。醫生斜著頭，把雙手抱胸前；陳哲沉落在他的大沙發裡；許炘仰著天斜在他的籐椅子上；都深深睡熟了。太陽升起的時候，小淳安安靜靜地在五人沉睡的勻息以及在初升的旭輝中斷了氣。然而太陽卻兀自照耀著：照耀小淳的樸素的臉；照耀著醫生的陽台；照耀著這整個早起的小鎮；照耀著一切芸芸的苦難的人類。

——一九六五年七月《現代文學》二十五期

哦！蘇珊娜

1

暑假一開始不久，我便來到這濱海的觀音鄉。因爲這裡有世界上最僻靜的海灘、和氣的陽光，以及一直好笑而又可愛地自詡爲天才的李。

當天的夜晚，在我們同赴海邊的路上，我卻發現了一間彷彿尙有水泥味道的新而笨拙的建築。我攀住李的臂膀注視著它。

「是間教堂，」他說：「剛蓋好不久。」

「嗯。」

他的興奮清晰地從他緊張的臂彎裡傳給了我，使我也跟著蕩漾起來。整整的一學期，我們都在期待著這個聚會。然而當我下車後，一眼看見他那種熾熱的眼光的時候，卻叫我膽怯得不由自主地臉紅了起來。他笑著，伸手接住我的行李。陽光照在他的臉上，照著他的一頭又粗又黑的長髮。他的漂亮又安慰了我的許多不安。看來什麼都沒有改變，比方說他的沉默罷。我忽然記起，從此我將要和一個沉默得令人窒息的人共處一段時間了，便不禁想起昨日以前充滿嘩笑的日子，偷偷地憂愁起來。

拐進一條植滿木麻黃的幽道不久，他便開始笨拙而性急地攬住我的腰。我的心悸動起來。久別重逢的熱情使空氣顯得異樣地侷促。

「他們叫末世聖徒教會。」他說。

「嗯。」我想，他終於說話了。

「那個教會，」他說，有些支吾：「管叫末世聖徒……」他笑著。而我卻找不到這個笑的理由。

「末世聖徒。」我說。

「嗯，」接著，我聽見他在我的身旁顫抖地、小心地歎息著。

那天的夜分，我們坐在沙灘上。橘黃的月亮懸在陰闇的崖石上。我望著月光底下的松林、沙灘，和溫柔地旋迴著的海，猜想著月光下的他的臉不知道是個什麼樣子。然而我不敢回首望他，因爲我知道他一直在眈眈地望著我。我注視唼喋著的海波，恁他的微溼的手掌在我裸著的臂膀膽怯地蠕動著。夏天的時候，他的愛撫總是從我的手臂開始的，正如冬天的時候，他老是從我的頭髮開始一樣。我們知道什麼事將要發生，這類的事總是這樣的。然而當一陣海風吹過，我卻無端地悲哀起來。我想推掉他的手，但是就在這一片刻裡，我聽見了一片稀薄的歌聲傳來。

哦！蘇珊娜……

於是他很容易抱住了我。我的心神開始漸漸地遠去。而在那遙遠的地方，又碰見了那個也是十分遼遠的歌聲：

哦！蘇珊娜，你可曾爲我哭泣？……

當我們坐起來的時候，兩個人都已經開心起來。月亮顯得又幸福又溫柔。我開始卸下髮針，整理沾著沙粒的亂髮。突然間我想起一個問題，「什麼是聖徒呢？」我說。

他笑了起來。在這樣的時候，他常有十分迷人的笑臉。火焰從他的雙瞳中消逝，然而那剩下的一片夢一般的迷濛，卻使他的眼睛美麗得令我生妒。他任性地重又仰臥在沙灘上，把一隻長腿架在另一隻腿上，高高地，不遜地指著月亮。他的腳踝又白又美，如一隻初生的小鹿。

「聖徒的意思，」他說，凝望著我：「就是一種和天才差不多的人。因此我們是同類哩。」

於是他又開心地笑起來。這開心傳染了我，使我也想笑笑。然而因爲我的嘴正含著三四隻髮針的緣故，不得不把笑一口氣吞了下去。

2

兩天後的一個早晨，我和李上街買菜的時候，在市場上遇見兩個年輕的外國人。

他告訴我他們正是末世聖徒會的長老。

「長老？」我覺得滑稽極了。事實上他們顯得出奇的年輕，儘管他們長得高大，而且其中的一個已有刮得鐵青鐵青的鬍腮子。

此後我們經常在路上，在車站，在我們的窗口看見他們。太陽曬紅了他們的白皙的臉。不論有多麼炎熱，他們總是衣履整潔，繫著領帶。漸漸地我對他們那種在頭頂上戴著淺淺的草帽的神態入迷了。我第一次領會到一個衣冠整齊，溫柔而瀟灑的男性的魅力，這是像李那種雜亂而粗野的男人所缺少的。

李和我都是無神論者。也許我們還不配有這樣一個代表著知識的某一面的稱呼，我們只是不願意有一個上帝來打擾我們這種縱恣的生活罷了。然而李和他們卻有很溫和的友情。

「他們都是還在上大學的娃兒們。」李說。

這使我不可抑制地想起了兩三年前的盛來。盛是我隔壁大學的法學生，不很漂亮，但高個子補足了這個小小的缺點。此外他也是一臉頰的鬍子，每天刮得像初收的高麗菜一樣。盛是個狂野的傢伙，他在吻了我的那天晚上說他已經訂了婚。這一點是和那個有鬍子的洋小孩不同的。有一次我在街上遇見他，他似乎想說什麼，然而一霎時一陣血紅掠過他的臉。他的害羞竟給了我莫名的喜悅。但當我看見他把著單車的毛茸茸的大手，不知爲什麼，忽然覺得不可自主地悸動起來了。

「他們也在追求著正義，」他說，點起香菸，喝著上床前預備好的冷開水，這個習慣使我不安，也使我惱怒。我凝望著窗外的深夜，聽著他在說——「這使得我尊敬他們。他們也信仰著和平、互愛。我不必讓他們知道，但是我是他們的朋友。」

李是個奇怪的男人。一個在大學時代裡並不優秀、並且時常任意曠課的學生，一個無依無靠的窮漢。只不過讀了一小屋子亂七八糟的書，便使他成爲一個驕傲的貴族。開始的時候，我曾那麼不可理喻地崇拜著他。但是一年下來，他幾乎從來沒有和我分享過他的莫測的宇宙。有幾度我聽見他和他的幾個也是懶惰而傲氣的朋友抨擊著毫不相干的政治、新出版的書，以及一些很有名氣的作家。此外他只是默默地和我做愛。而且，在這一方面，他並沒有和別的男孩子們有什麼迥異的地方。然而他總是使我眷戀較久的男子中的一個，這主要的由於他有著我從曉得照鏡子起就渴望的烏黑的頭髮和大而深的眼睛之故。此外，他的吻能帶我到一個比外祖母的家更遙遠的地方去。

兩個聖徒有時也來看我們。我知道那個鬍子叫彼埃洛，另一個叫撒姆耳。有一次彼埃洛先生吃力而熱心地解釋說彼埃洛等於英文的彼得。他是美國籍的法國人，由於我對於法國的僅僅止於直覺的了解，增加了對他的印象。現在我看清了他有一雙棕櫚色的眼睛，散發著一種童男的可欲的眼光。他的薄薄的唇推銷著許多的溫柔。

我爲他們預備咖啡，當他們來訪的時候。他總是用雙手捧著杯子，幾乎近於虔誠地飲著我的咖啡。這使我像一個母親一般地喜樂起來。而也往往是這時候，我看見他的一雙大而笨拙的手。忽然間一個想念躍過我的腦門，使我十分害羞起來，便悄悄地依在李的身旁，忙著呑下一顆悸動的心。

男人們談論著。李的英文也因此有了長足的進步。我禁不住偷偷地瞧著彼埃洛先生。他很少說話，他該說點什麼，我想。因此當李帶著撒姆耳先生去參觀他的藏書的時候，我便問彼埃洛先生爲什麼他們的教會每次都唱著「哦！蘇珊娜。」

他用棕櫚色的眼睛逼視著我，卻臉紅到耳根裡去了，使本來青青的鬍腮子烘成了淡淡的紫顏色。他喃喃地說他還不大懂中國話，我於是便用生疏已久的英文重複了我的問題。

「啊。」他說，綻開了一朵天使一般無邪的微笑：「沒什麼，只是你習慣於聽到一般教堂裡的讚美詩罷了。」

他的英文，他的談吐，他的羞怯，都說明了他來自一個優裕而教養良好的家庭，好像我常常在電影裡看見的那種。李是個十足的浪子。我雖有一個也算富裕的家庭，但卻沒有相當的教養。當李回到我身邊的時候，我突然想到我多麼需要一個有節制的、高尙的、甚至虔信的生活，我想像著和彼埃洛先生對坐在一條飾著盆花的長桌子上用早餐，坐在歌劇的包廂裡，或者讓他輕輕地吻我的額，讓他……（我又臉紅起來）讓他的大而笨拙的手撫摸我。（天哪！）

而儘管李從不放過任何機會來揶揄他們的摩門經和關於他們的教主約翰・斯密的傳說，到他們起身告辭的時候，主客都顯得十分的盡興。

頭一次我沒有送他們到門口，我說不上來爲什麼。

3

日子一天天地過去，而我一點也不想去抑止我對彼埃洛先生的愛慕。因爲我確知即使我放縱這個秘密的情感，什麼事也不會發生的。我們常常聽見從他們教堂漂流出來的歌聲，包括那首奇怪的——

哦！蘇珊娜……

這首歌給我異樣微妙的感覺，我和李在沙灘上激情正濃的時候，它會使我一下子清醒過來；當我在等待李回來吃晚飯的時候，它會使我寂寞得想立刻跑回家裡去，而當我們在床上的時候，它會使我蜷曲到他的身邊，讓他的自信而驕傲的兩手抱住我，在他的懷裡痴痴地望著窗外的星星們而無端地悲愁著。

直到有一天李將我從午寐的床上搖醒了。他簡單地告訴我彼埃洛先生因車禍喪生的事。他解釋說，由於摩門教的律法出必雙人，因此兩部並行的單車在狹小的公路上遇到大車，便一時躲避不及了。撒姆耳先生也受了傷。他還問我是否去參加傍晚的喪事禮拜。

我靜靜地搖了搖頭。我什麼也不能想。直到不知過了多少時辰，我開始聽見有歌聲傳來。夜開始降下，他們一支支地換著歌，直到他們漫漫地唱著：

哦！蘇珊娜！你可曾為我哭泣？

我來自阿拉巴馬……

的時候，我的眼淚便頓時像大雨一般地傾瀉下來。

那天晚上我吃得很少，然而我的心情卻意外的平靜。我覺得自己忽然長大了好幾年，再也不是一個追逐歡樂的漂泊的女孩子了。我記起了小時候逃學荒嬉終日，而終於在日暮時決心回家的那種感覺。不管家裡有如何的鞭笞等著我，回家總是甘甜的。是的，我無聲地叫著，我要回去，親愛的，我要回去，世界上沒有什麼人什麼事可以阻止我了。

月光照著李的頭髮，他的清秀的睡臉和他美麗的肩膀。我感動地靠近他，他的雙臂便立即像食人樹般地包住了我。（他的手臂是永遠不會睡覺的。）我順著他的肩看見了一輪七月的月亮。俄爾我彷彿看見親愛的彼埃洛先生文雅地騎著他的單車，漸去漸遠了。

我閉下了眼睛，在闇黑裡吻著李的皀香的胸脯。一切都已就緒，我決定在清晨偷偷地離開他。雖然我知道現在我比什麼時節都需要他，然而也不知爲什麼去意甚決。也許李說的並不只是一個笑話。他與彼埃洛先生同屬一類。他們用夢支持著生活，追求著早已從這世界上失落或早已被人類謀殺、酷刑、囚禁和問吊的理想。也許他們都聰明過人，但他們都那樣獨來獨往，像打掉玻璃杯一樣輕易地毀掉生命，像彼埃洛先生一樣。但我覺得自己的七情皆死。彷彿這一生一世再也不會去愛一個人了罷。至於李，他還有他的驕傲可以支持他。我知道他是個強人，在某些方面……

而我終於又哭了，記不清爲了什麼。我極力噤著聲音，用食指輕輕地抹掉從我的頰流到他的胸膛的淚水，但願不要驚醒了他才好。

——一九六六年九月《幼獅文藝》一五三期

最後的夏日

蜻蜓

「堯將遜位。讓於虞舜。舜禹之間。岳牧咸薦。乃試之於位。典職數十年。功用既興。然後授政。示天下重器。王者大統。傳天下若斯之難也。……」

仲夏的太陽就是那麼滔滔地傾落在操場上。第三節課的時分罷，碰巧所有的老師們都上課去了。教員休息室的右邊的牆上，不知道什麼道理在最近給鑲上一面瘦長的鏡子。裴海東即使理首於他的《史記》裡，仍然覺得那面瘦長的鏡子，在右面的牆上發著慘白的光芒。數百年的古刻本，經最新的機器翻印在光潔的紙上，然後又以數百年的古風，處處加上朱紅的圈點。裴海東默默地說：

「……而說者曰。堯讓天下於許由。許由不受。恥之。逃隱。……」

裴海東頓時被「恥之。逃隱」這樣的句子給吃了一驚，以至於絞痛地悸動起來。他猛烈地合起書，把著溫暖的瓷杯，彷彿喝著血液那麼樣仔細地飲著無茶味的水。這時他聽見一陣匆促的腳步聲走進休息室。那腳步聲停留在牆角的粉筆架邊，然後逐漸走向門口。裴海東忽然說：「那一個？」

裴海東有些狡慧地注視著他的溫暖的瓷杯。他甚至連眼皮都沒有抬起來。

「是我。」

一個困惑而有若干懼怖的聲音。裴海東悲哀地說：

「是我。『我』是誰？」

「我是周蓉。」

裴海東放下茶杯，重又打開他的《史記》。他翻著翻著，找到了方才的〈伯夷列傳〉，心裡怎也不能不覺得有些孤苦起來了。裴海東說：

「周蓉你過來。」

於是他聽見一種畏懼的、躊躇的腳步聲走近他的桌子，在他的身邊站定了。一些木刻的字體毫不生意義地跳進他的眼睛：

——夫學者載籍極博猶考信於六藝……。

裴海東說：

「不懂得規矩嗎？」

「我們老師叫我來拿粉筆。」周蓉搶著說：「粉筆用光了。」

裴海東頓時氣忿起來。然而他也差不多在同時自己將這暴發的氣忿抑壓著。

「我只是問你，」裴海東說，又去翻弄著他的書：「問你曉不曉得規矩？」

周蓉沉默地站著。裴海東翻著他滿是朱點的《史記》。他記得自己時常告訴學生們：

——書，是讀不完的。老師畢業以後，現在又去唸研究所。在你們看，就是自找罪受……。

「我們三番兩次規定了：進辦公室要先喊報告。」裴海東說。

女孩開始哭泣起來了。裴海東這才抬起頭來。女孩嚶嚶地哭著。哭聲使得這惡燥的夏日益加落寞起來。遠遠地傳來一些老師們尖嘯的教學聲。

「三番兩次規定了的。」裴海東說。

周蓉低著頭。裴海東點起一支菸。他看見發育得那麼好的伊的身材，使他蕪蔓地想起伊總是坐在教室的末排漫不經心地寫著作文的樣子。

「作文也不好好作，」裴海東想了想，說：「去罷！」

周蓉走了。抱著一堆零零亂亂的練習本的鄭介禾在門口碰到伊。他頓悟了似地說：

「把本子拿回班上去發了。」

鄭介禾順手開了電扇的開關。於是三個骯髒的吊扇在天花板上唧唧地轉動起來。其中一個故障了的，卻以差不多慢了三分之一的速度，劃著生病一般的圓圈。鄭介禾站在右面牆上的瘦長的鏡子前，扶了扶眼鏡，攏了攏頭髮。裴海東說：

「不開電扇，悶熱……。」

鄭介禾抬頭看看電扇。天花板上沾著雨天留下來的暗黃色的污漬，彷彿地圖一般。「開了電扇，你瞧：那聲音眞叫你心煩。」裴海東說。

鄭介禾笑了起來，露出一排潔白的牙齒。女學生們管他那一排牙齒叫「亞蘭・德倫」。實際上，除了他笑起來的時候的那一排整齊的牙齒，他看起來一些兒也不像那位法國的影星。然而他確是一個漂亮的傢伙。裴海東忽然想起學生們總是在背後說李玉英老師對他「有意思」。他忽然拾起《史記》來，輕聲地唸著說：

「……及夏之時。有卞隨務光者。此何以稱焉。……」

鄭介禾在臉盆裡洗沾滿粉筆灰的手，然後用掛在架子上的綠色的毛巾擦乾。

「你說什麼？」

鄭介禾說。他竟用那條毛巾抹著他的頰和嘴。然後又摘下眼鏡，在他方型的臉上來回揩抹著。

「臉巾也該來換一條了。」裴海東說。

鄭介禾邊走邊架上眼鏡。

「他×的，」他說：「將就點罷。」

裴海東笑起來，又去來回翻著滿是朱圈的書。鄭介禾坐在裴海東旁邊的自己的位子上。裴海東說：

「學生們都說：李玉英對你有意思。」

鄭介禾看起來一點兒也不以這句話為樂。他甚至沒有笑笑。他摘下眼鏡，用心地揩著。裴海東只好像是很有趣似地笑起來。

「無風不起浪。」裴海東說。

摘下眼鏡的鄭介禾的眼睛看來陌生，而且滿脹著一種疲憊的浮腫。

「沒那事。」

鄭介禾漠然地說著，架好眼鏡。在濃眉下，他於是又恢復了那種帶著幾分憂悒的眼神。那是一種生活的憂悒感罷，而不是知性的那一種。他拿起擺在他桌上的一個長長的信封，在空中照了照，然後在沒有信紙的黑影的地方，撕開了，抽出一條摺得不很工整的信紙。裴海東遞給他一支菸。鄭介禾趕忙放下信，給裴海東點上火，又給自己點著了。他拿起信說：

「謝謝你。」

裴海東又去翻他的書。那些木刻的字，今天對於他就像路邊的石頭或者什麼，一點也生不出意義：

——余悲伯夷之意。睹軼詩可異焉。其傳曰。伯夷叔齊。孤竹君之二子也。父欲立叔齊。及父卒。……

「方才是怎麼回事？」

鄭介禾忽然說。裴海東像吃驚似地把書翻蓋在桌上。鄭介禾漫不經心地把讀完的信揉成鬆弛的紙團團，丟進紙簍裡。

「沒什麼。」裴海東說：「下禮拜得把《史記》點完。我還剩下大半本。」

「哦哦？」

「我這兩個月來，不知道在幹些什麼。」裴海東微笑著說。他的三十四歲的土黃色的胖臉，發著皮質的油亮和微汗的光澤。鄭介禾說：

「用功，總是有搞頭的。」他說：「我畢業兩年了，以前學校的那些，從來都沒再去摸過。」

鄭介禾旋即自棄地笑起來。於是他們沉默著了。現在除了三隻風扇的聲音外，又有一隻大頭蜻蜓在慌忙地撞頂著窗子的聲音。鄭介禾和裴海東都默然地注視著那隻長著虎紋的黃色的大頭蜻蜓。裴海東把菸放在腳下踩熄了，放進桌上的菸灰盤，又順手把它扶到他和鄭介禾的正中央。蜻蜓仍然死命地撞著玻璃窗子。

「我剛才是說：周蓉怎麼的了？」鄭介禾若有所思地說：「彷彿哭著的樣子。」

「噢！」裴海東說。

裴海東有些失神地看著蜻蜓。現在牠疲倦地停在窗櫺上，便留下風扇的唧唧的聲音。牠的黃底黑紋的模樣，令你想起一隻午睡於叢林中的老虎。

「周蓉這孩子，越來越不成話。」裴海東說。

「這些學生！」鄭介禾嘆息似地說，卻一點也沒有關切的痛心的感情。

「你瞧這女孩子成天只知道打扮，說老師們的閒話，交男朋友……。」

鄭介禾沒說話。大頭蜻蜓又飛舞起來了。牠們總是註定了永不能識破那一面玻璃的透明的欺罔的。

「我要告訴你一件事。」裴海東說。

鄭介禾撿起桌上的空信封，捲在他的左手的食指上。裴海東看著被包紮得彷彿受了傷的鄭介禾的左食指，說：

「我生平最懶於寫信了。」

「沒什麼。」鄭介禾說，動了動他的左食指，看來好像一個花臉的小傀儡。他說：「弟弟的來信。不是來要錢，就是說錢已收到了。總是這些。」

「噢。」裴海東說：「現在我要告訴你一件事。」

鄭介禾望著他。他的漂亮的、憂悒的方型臉，卻似乎並沒有一種期待的熱情的樣子。

「去年我第一次上伊們的課。」裴海東說：「我就知道周蓉這小孩複雜。」

鄭介禾又去舞動他的左食指，像耍著傀儡戲似的。然而那硬質的信封，卻逐漸從他的指頭上鬆弛下來了。

「複雜。」裴海東說：「下課的時候，沒事找事來找你，挨著你講話。『裴老師——』……」

「裴老師——」鄭介禾像唱歌似的說。

鄭介禾熱心地笑了起來，卻又像頓然失去興味似地停住了。裴海東說：

「『裴老師——』，就是那樣。像剛才罷，伊一個人溜進來了。」

鄭介禾把信封也丟進字紙簍裡。裴海東說：

「來了。說是要來看月考的分數。我說還沒改好，你猜伊怎麼著？——擠在我身邊，他×的，擠在我身邊，亂纏亂纏！」

「哇——」鄭介禾惡戲地說：「哇——」

「我狠狠地訓了一頓。」裴海東義正辭嚴地說：「你看看這個孩子。」

「複雜。」鄭介禾不耐地說。

他們於是又沉默起來了。裴海東在沉默中感到一種失神的迷茫。鄭介禾還給他一支香菸。他們默默地吸著。裴海東偷偷地望了望鄭介禾。他才真是被那些女學生們談論著的，甚至戀愛著的老師。李玉英卻不一樣。全校的女學生——自從伊在這個三月來校以後——都永不饜足地看伊，議論著伊的美貌。至於男生們，卻似乎並不顯得十分熱狂。鄭介禾和裴海東吐出來的煙霧，總是在昇到一定的高度時消散在電扇的風裡。遠遠地從某一課堂上傳來斥責的盛怒的聲音：

——不要講話！聽見沒有？

鄭介禾驚醒似地說：

「蜻蜓飛出去了！」

於是風扇唧唧的聲音忽然顯得孤獨得了不得了。兩人都被這種盛夏的孤寂給弄得有些憂愁起來，特別是裴老師。

「飛出去了。」裴海東戚然地說。

「李玉英在八月中出國，聽說。」鄭介禾說。

鄭介禾把總是穿著質料不錯的褲子的雙腿，交疊著抬在桌上。然而差不多在同時，又敏捷地收了下來。所以桐主任捧著一疊作業本子走進來的時候，鄭介禾悠然地說：

「主任忙呵！」

桐主任熱心地笑著，把本子分別擺在空著的桌子上。

「呃呃，」桐主任說：「這幾天抽查本子。」

桐主任走了過來，將剩下的一疊擺在裴海東的對面的李玉英的位子上。他是個肥胖的、總是那樣溫和地笑著的那種人。他的膚色有些黝黑，然而就一個五十六歲的人來說，他的皮膚或者太過細緻了些罷。他把本子整齊地擺在李玉英桌子上，便又笑嘻嘻地走了。

李玉英的本子在電扇的風中嘩嘩地翻動著。鄭介禾重又把雙腿疊架在桌子上。他用下巴指著那一堆本子，說：

「我不喜歡聽那些嘩啦啦的聲音。」

裴海東躊躇了一會，把自己的一個膠質的硯台鎮在本子上。他的手有些戰慄。某一種絕望的情緒漫漫地滲進他的胸腔。鄭介禾說：

「老裴，倘若我也出國，你猜我要幹什麼？」

「幹什麼？」裴海東說。

「開麻雀館。」

裴海東止不住笑了起來。而且由於他感到一種憂悒，那笑聲便似乎有些誇張。他說：「不見得不是個主意喲。」

「當然。」鄭介禾認眞地說：「有中國人的地方，就有麻將。」

他們又靜默起來了。鎭著硯台的本子，依然在風中掙扎著。他們都望著那張空著的桌子。一隻黃漆的三角木板寫著：「李玉英老師」。

「到底是去讀什麼呢？」鄭介禾說。

「誰去讀什麼呢？」

「李玉英。」鄭介禾說。

「噢。」

裴海東把他的書翻開了又蓋上。蓋上了又翻開，彷彿要在裡面找尋出一件他曾經夾在裡面的什麼。

「伊的哥哥李文輝是我的同學。」裴海東終於說：「我說一句公道話；這女孩子不行。我說的是公道話。」

「噢。」鄭介禾說：「我是搞化學的。什麼行不行，我全不知道。」

「老鄭我們現在是說公道話，老鄭。」裴海東說：「最重要的一點：這女孩沒腦筋；就是沒思想，沒深度。」

說起深度，鄭介禾就有些擔憂起來。他扶了扶眼鏡，一下子不知道說什麼好。

「這是最要緊的一點。」裴海東說：「李文輝是我的朋友。所以我得照顧伊。這是說公道話。我借書給伊看。但沒用的。漂亮女孩都這樣：沒深度，沒有氣質。李文輝是我的朋友——」

「女孩子嘛！」鄭介禾說。

「就是這話！」裴海東歡喜地說：「人家說我對伊怎麼樣，哼！這就是笑話。」

於是裴海東不屑地笑起來。鄭介禾也不知其所以地笑了。

「你看。」裴海東說：「有一次伊和鄧銘光談著《文星》。他們談『五四』，談『全盤西化』。鄧銘光也是個淺人——不是我背後說他，這是公道話，老鄭。」

「我是搞化學的。」鄭介禾說。

「當然。」裴海東說：「各有所專，這是不妨的。他們就不曉得『五四』呀、『全盤西化』呀為我們中國搞出了共產黨！」

「這話是對的！」鄭介禾誠懇地說。

「本來就是這樣。」裴海東莊嚴地說：「然而李玉英就吃那一套的，你曉得嗎？出去學什麼？——學什麼都一樣的。一條牛牽出去，回來還是一條牛。」

裴海東獰惡地笑了起來，使鄭介禾微微地一驚。桐主任打窗外漫漫的走過去。兩人都向他微笑招呼。裴海東低聲說：

「而且，這女孩有點浪漫。你不要說我們學國文的古板。李文輝是我的朋友，我當然當小妹妹待伊。那裡知道——」

下課鈴忽然熱烈地響了起來。頃刻間操場都充滿了學生們嘩笑的聲音。鄧銘光精神飽滿地衝進門來。他大聲說：

「沒課呀？」

「下一堂呢。」裴海東說，笑著。

鄭介禾伸了伸懶腰，在抽屜裡翻出教科書來，擺在桌上。鄧銘光洗好手，坐在李玉英旁邊的自己的坐位上。他把滿滿的一杯茶一口氣喝了下去。他喘息著說：

「這些學生就是笨。剛才高一仁班被我打斷了兩條板子。」

「女生呢？」鄭介禾說。

「照樣！」鄧銘光昂然地說。

辦公室陸續來了剛下了課的以及準備下一堂上課的老師們。學生們也在此起彼落的「報告」聲中穿梭於這間頓時顯得侷促起來了的辦公室。裴海東又去翻開他的朱點的《史記》。他的臉有些蒼白起來了。書上說：

——伯夷叔齊叩馬而諫曰。父死不葬。爰及干戈。可謂孝乎。以臣弑君。可謂仁乎。

當裴海東用紅筆點到「君子疾沒世而名不稱焉」的時候，休息室裡又因爲開始了第四節課而寂靜如死了。風扇的聲音，依舊令人淒楚地響著。裴海東走向操場右翼的大樓。在猛轉彎的時候，他遇見了趕到另一排教室去上課的李玉英。他站在那裡，看見伊傲然地擦身而去。他蒼白著臉，走進高三忠班的教室，第一次感覺到一股冷澈至極的恨。在那一霎時，他立刻是從這種恨毒的情緒中得了這樣的解釋：這麼冷澈的恨，便證明一向不曾愛過伊的罷！他於是又得勝似地笑了起來。

裴海東在講台上用一種和他的肅殺的表情不類的溫柔的聲音，對學生們說：

「請大家打開第九課……。」

醉紅的鳳凰花

六月八日　星期四　暴晴

改道從忠孝路的巷子去上課以來，今天又發現他在派拉蒙照相館那邊等著我！

他叫我「李玉英」。單聽見他的聲音，我已經給嚇住了。從前他總是叫我李老師的。他站在照相館門口一個新立的郵筒旁邊，看起來那麼悲哀。然而他還是笑著說他只是來投一封信，然後就臉紅起來了，那樣子叫我看著好難受。想到又得同他並走著去上學，心裡眞是懊惱。

我們並走在那條巷子。誰都沒說話。一個學生騎著單車打我們後面閃到前頭去。我忽然躊躇起來：再走一截路，就是通到校門的大馬路了。讓學生看見我同他從巷子裡出來，多不好。這樣地想著，每邁一步就感到不安。我後來索性就站在一個小弄裡，我說：

「裴老師，請你不要這樣。」

他的臉一下子變得好蒼白，使我駭怕極了。我對他說，我一向只當他大哥哥看待，而且馬上要出國了。

他忽然用一本書不住地打著我靠著的那面牆。書掉落了，裡面滿是紅筆的點點圈圈。他又撿起書，一面打，一面說：

「李玉英你爲什麼不早告訴我，爲什麼不早告訴我！」

我嚇得差不多哭出來了，想逃走，他又站在弄口上，萬一叫學生看見了，成什麼話？我說裴老師求求你不要這樣。弄得人家後來都哭了。

他一下子安靜下來，倚在弄口的牆上。他喃喃地說：

「你爲什麼不告訴我？」

他是說我爲什麼不告訴他我要出國了。我心裡想：人家憑什麼要告訴你呢？我告訴他，人總是要儘量充實自己的。其實我也不曉得我說了些什麼話。他那麼悲戚地倚著牆站著，一句話也不說。我只好不住地說話，老是向他提大哥的事。

「我曉得了。」他終於說：「你是那種自以爲世界上的男人都會痴痴地迷戀著你的那種女人。你弄錯了，李玉英！我不過是照應你一點罷了——還不是因爲李文輝？」

然後他罵我是個×女人；說我搔首弄姿；說我自私；說我只看見自己一張臉，「把一張粉臉當做全世界」；說我淺薄……。我沒想到：一個國文研究所的研究生，會用那麼多不堪入耳的話罵我。然後他甩著頭走了。

我站在牆腳上哭了一會。遠遠聽見上課鈴響了，才走了出去，大馬路的兩邊，鳳凰樹上都生滿了大片醉紅的鳳凰花。

上完第一節課，我再也不敢回辦公室去和裴海東對面坐著。我一直回到家裡，見到媽咪，我就委屈地哭了。媽咪曉得了這件事，生氣得很，立刻就要打電話去告訴校長，卻被我阻止了。我彷彿不願意去鬧事，但於今想來，雖然從高二那年我忽然變得漂亮以來，固然有數不清的男孩圍住我瞎纏，卻不曾有一個像裴海東一樣，那麼痛苦地愛著我的。

第四節課，我有意在校外磨到上課鈴響過了，才進學校。但不料在大樓的轉彎處，猛然和他打了個照面。我在那一霎時，看見他竚立在那裡，用一種他自己也許都不曉得的卑屈的孤傲望著我。我想招呼他，但我總是不會照自己的心情去表情的；我已經慣於以孤傲去衞護自己了。他說我「把一張粉臉當做全世界」，也許是對的。

晚飯以後，謝醫生和媽咪的幾個朋友照著慣例來我們家喝茶。媽咪今晚穿著一件暗米色的便裝，配著一串黑亮的珠子，眞是好看。謝醫生問著我出國的事，媽咪親愛地摟著我。我逐漸有些喜歡謝醫生了。他總是穿著一套古風的西服，含著菸斗，他的微禿的頭髮，亂而有緻地往後梳著，據媽咪說，他是日本東京帝大醫科的高材生。他在五年前喪妻，一直深深地愛著媽咪。

喝過第一杯咖啡，謝醫生總是請媽咪跳第一隻舞。陸伯伯，一個過氣的省參議員，來請我跳。我隔著陸伯伯的肩看著媽咪和謝醫生跳著很優雅的四步。陸伯伯問我要什麼東西做出國的紀念。我一下子想不起怎麼適當地敲他的竹槓。陸伯伯說：

「我是你爸爸的好朋友，用不著同我客氣。」

我笑了起來。媽咪和謝醫生總是默默地跳著舞。每當這時候，我總會想起我偷聽見的一句話：

「你的心意，我知道的。但我這一生，只有小英一個人是我能全心去愛的。石杰死了二十年了，我一直沒有翻悔過我這個決意。」

那時候，謝醫生默默地站在爸爸留下的那間灰暗的書房裡。媽咪走去拉謝醫生的手，他便俯著身去吻了它。我忽然說：

「我愛你，媽咪。」

陸伯伯說：

「你說什麼呢？」

「我愛媽咪，」我說：「全世界上，我只愛媽咪。」

風鈴

門鈴響後，鄧銘光從他的窗子望著大門。老王去開門，進來的人竟是鄭介禾。鄧銘光在窗子裡面大聲說：「歡迎，歡迎！」這是一個禮拜天的中午。

鄭介禾走過院子的草坪。陽光照在他濃濃的髮上。院子裡的草木都靜謐地站立著，彷彿一個舞台；而陽光也便看來像舞台上的燈光一般，白得令人眩目。

鄧銘光問他「什麼風吹來的」。其實外面連一絲風也沒有。鄭介禾說他來郵局滙錢，彎了來。他說他怕找不到人。「沒想到你在家」。鄭介禾說。鄧銘光顯得很快樂。他是個高大的廣東人，少說也有一八〇吧。

「你就是只有來郵局的時候才來我家。」鄧銘光抱怨地說。

鄭介禾望著鄧銘光書桌上的打字機。那是一隻兄弟牌的手提打字機。機上留著打了一半的文件。老王端了兩瓶冰過的蘋果西打，為他們倒滿了兩個杯子。鄭介禾因為熱著，便在接住杯子後立刻喝了一口。

「這玩意，」鄭介禾說：「據說是美軍指定使用的飲料。」

鄧銘光說蘋果西打原來就是美國的飲料。「R.C.Cola也是。」他說。鄭介禾一下子似乎沒聽懂。鄧銘光就說是「榮冠可樂」。鄭介禾懂了，他說：

「噢，噢。」

「人家的東西，就是好。」鄧銘光說。

「當然。」

「這有什麼辦法呢？」鄧銘光很歉然地說：「人家東西是好的嘛！」

鄭介禾又爲自己倒了一杯。他其實並不十分喜歡那種蘋果的酸味的。鄧銘光看著鄭介禾——以一種嘲弄的興味——，突然說：

「老鄭，人家都說你長得英俊。我現在發現你的臉像用雕刻刀削出來的，由好多削痕組成。」

鄭介禾看來一點也無動於衷。「去你的×。」他說。他是個最不吝於對自己揶揄和嘲笑的人。他的這種自棄，適當地成爲一種洒脫。他把左腳疊在右腳上，說：

「昨天晚上，我贏了錢。」鄭介禾說。

兩個人於是開心地笑了起來。鄭介禾說給弟弟寄了錢，還剩下一點。鄧銘光稱讚地說：

「別說你這個人吃喝嫖賭。但只有我知道你是個性情中人。你對你的弟弟，也可說是仁至義盡了。」

鄭介禾微微地有些闇淡起來。「那個孩子不錯。」他低聲說。他放下左腳，然後把右腳疊上左腳。鄧銘光喜歡鄭介禾，按照鄧銘光自己說的，可能是因爲鄧銘光是個獨子，不曾有過兄弟。「只是那個孩子身體太壞了。用功過度。」鄭介禾：「有什麼辦法呢？我們舉目無親，我不罩著他點兒，怎麼辦？」鄭介禾兄弟是跟著他們大舅來臺灣的。後來他大舅死了。

「明年他畢業了，讓他出國。」鄧銘光說。

「我也這麼想。」

「你們一塊去吧。」鄧銘光熱情地說。

鄭介禾忽然笑了起來。「有什麼好笑？」鄧銘光說：「你是學化學的，在那邊不會喫苦的。」鄭介禾沒有解釋他爲什麼笑了。他只說：

「在這邊，日子過得飄飄浮浮；到那邊，還不是飄飄浮浮的過？」

鄧銘光顯然把「飄飄浮浮的過」的這句話，只當作物質上的不安定的意思。因此他便不說話了。關於出國的問題，他是從來不曾考慮過物質問題的；他的家富有，此外，在美國還有許多親戚。但是他忽然興奮的說：

「對了！——god damned (他×的)，我竟給忘了呢！我請你喝 Johnny Walker。」

鄧銘光叫老王送來一小盆冰塊。然後在書架上取出一個方型的酒瓶。土黃色的酒淋過杯子裡的冰塊，光看著都解渴。他把杯子端給鄭介禾，鄭介禾一邊喝，一邊看著瓶子上畫著的一個穿著紅外衣的年輕的蘇格蘭紳士，在興高采烈地邁著步子走著。

這蘇格蘭的威士忌使得鄭介禾一下子高興起來。他望了望桌子上零亂的洋書，又看著打字機。「怎麼樣，忙著些什麼？」他說。

「忙些什麼？」鄧銘光笑著說：「我在打一份 application form.」

「你也出國了？」鄭介禾嚷著說：「乾一杯！」

鄧銘光只是輕啜了一口，鄭介禾卻兀自喝乾他的杯子。「老鄭，」鄧銘光一邊爲他倒酒一邊說：「你爲什麼不也出去？」

「我捨不得這裡的麻將、補習費，」鄭介禾說：「還有，捨不得這裡的女人。」

「女人？」鄧銘光舉杯說。

「女人。」鄭介禾也舉杯說。

他們默默地喝了一口，鄭介禾叮叮噹噹地搖著盛有冰塊的杯子。

「老鄭。」鄧銘光說。

「嗯。」

「老鄭，」鄧銘光虔誠的說：「你是個帥小伙子。可是美國也不是就沒妞兒們呀！」

「噢，噢！」鄭介禾說：「可是，麻將呢？」

「God damn it，你醉了！」

「我要去，就是去開麻將館。」鄭介禾說。

「你是個帥小伙子，眞的。」鄧銘光說：「我聽說李玉英對你好。」

「自從李玉英來我們學校，我總共只跟伊說不到三十個字的話。」

鄧銘光喜歡他這種絕不自作多情的脾氣。鄧銘光快樂地微笑著。他說：「其實那些學生們也最會嚼舌頭了。」

「你以爲，」鄭介禾說：「李玉英漂亮不？」

「依你說呢？」

「唉——」鄭介禾嘆息地說：「我是歷盡滄桑了。我的標準，不算的。」

「我要聽聽。」鄧銘光說。

「太過於幼嫩了，」鄭介禾沉思地說：「你喜歡李玉英嗎？」

鄧銘光喫了一驚。「噢！」他說，把杯子裡的冰塊慢慢地搖著。「你怎麼會這樣想？」

「裴海東說伊同你談得來。」

「裴海東？」鄧銘光不屑地說：「談是談過幾次。李玉英有點腦筋——」

鄭介禾忽然笑了起來：「裴海東搞國文，你搞英文。他說李玉英沒腦袋。你呢？說有腦筋！」

「裴海東他混×，」鄧銘光激動地說：「他算什麼東西？他酸葡萄。你知不知道？他阿Q！他從開學起就追人家，在街角等人家，你知道嗎？——學生都告訴我。他追不到手，他就來這套。他是個老頑固，你聽我說：他說五四運動和現代的文學都是共產黨！God damn it! He's just a god damn dirty sonovabitch!」

後面的英文鄭介禾沒聽懂。鄧銘光猛喝了一口酒，把杯往桌上一頓。他說：

「他最喜歡跟女學生糾糾纏纏。他還到處說人家的女學生壞話：說這個去勾引他；那個去誘惑過他。他不要臉！你知道不？噢！他說我打學生。不錯 god-damn-it！我打，要他們好，男的打，女的也照打！怎麼？我公平，嚴格。他呢？他把打分數當作對付女學生的手段。對男生呢？作補習的要挾。一句話，他性變態！」

這個高大的廣東人開始有些陶然了，鄭介禾卻毫無醉意。他爲鄧銘光又倒了半杯。「Nono-nonono！」鄧銘光推辭說：「不行。我晚上還有事，不能喝。」他笑起來。

「你把我也給罵了，」鄭介禾微笑著說：「但我不生氣。我不搞補習，一天也活不下去。——我是說照俺現在的活法。」

「你不同。你不同。」鄧銘光說。

老王送來一套藏青的剛洗過的西裝。鄧銘光說：「放著，放著。」老王把西裝放在床上。鄭介禾跑去摸料子。「英國料子嘛。」他在行地說。他順便在他的床上躺下，把酒杯擱在肚子上，兩手護著杯子。一張彩印的裸體畫橫在床頭的牆上。鄭介禾對畫中的女人眨眨眼。

「女人不是供你爭論的，」鄭介禾說：「女人是供你生活的。」

鄧銘光自份是會弄文學的人。但他卻不知道他不懂得這句話。他近乎憂悒地說：「你從來不曾戀愛過嗎？——我是說戀愛。」

鄭介禾從仰臥改爲伏臥，把酒杯擱在光潔的地板上。

「我愛過一個女人。只有這一個，」鄭介禾說：「一個眞正懂得愛，也懂得叫別人去愛的女人。」

鄧銘光沉默地聽著。

「伊有一種自然的人的味道。」鄭介禾悠悠地說：「比方說——伊的右乳房比左邊的大一些。伊就管右邊的叫『梅琦表姊』，左邊的呢？『梅琳表妹』。」

鄭介禾開心地笑起來。「伊就是這樣的女人，」他說：「在伊以前和以後，我只是個自我中心的性的 impotant。而你呢，還只是個小兒科。」他又開心地笑起來。

「你相信不？」鄧銘光感動地說：「我懂你意思。」

「算了罷，」鄭介禾說：「只有那個女人才知道性是一種生活。這個，小兒科們是不懂的。」

「可是你不能否認另外的一種愛的型式……」鄧銘光說。

鄭介禾喃喃地說：「梅琦表姊，梅琳表妹。」他不住地側起身喝酒。

「比方說：在詩篇裡寫著的那種。」鄧銘光說。

「我不反對。」鄭介禾說：「你在戀愛著罷？」

鄧銘光有些激動地把打字機上的東西取下，丟給鄭介禾。「Nancy Y. E. Lee」他讀著，懶懶地問：

「這是誰？」

「李玉英。」鄧銘光說。

鄭介禾咯咯地笑了起來。他說：

「鳳凰于飛嘛！」

「我是覺得這女孩子不錯。」鄧銘光羞澀地說：「伊原先申請了一個南部的學校，靠近墨西哥那邊。我跟伊說，那邊黑人、波多黎各人多，夠討厭！伊嚇壞了，就央請我再申請一個。」

「你們多久了？」

「才開始，李玉英要我打一封信。這樣開始的。你知道女孩子們詭計多端。」

「乾杯！」鄭介禾說。他坐起來，兀自喝著。「我已經永遠失去純情派的愛情了。」他笑著。

「我不能喝了，」鄧銘光快樂地說：「我們要在六點鐘見面。」

「當然，當然。」鄭介禾說。他們又沉默了一會。

「老鄭，你聽我說，」鄧銘光說。

「嗯嗯。」

「我也替你打一封信罷。不管怎樣，那邊是個新的天地，充滿了機會。美國生活的方式你知道……。」

鄭介禾一個人微笑著，他用一種歌唱的聲調說：

「梅琦表姊，梅琳表妹。」

「你醉了。」鄧銘光友愛地說：「那個女人後來怎麼了？」

「死了。」鄭介禾微笑著說，露出他的漂亮的白牙齒。

「I'm sorry!」鄧銘光衷心地說。

鄭介禾站了起來，搖著杯子。冰塊在杯子裡發出一種極爲解渴的叮噹聲。「不是我死心眼，」鄭介禾伸著懶腰說：「這個世界上，再也找不到一個能爲自己的乳房起名字的那種女人了。」

鄭介禾說要走了。鄧銘光留他多聊會兒。「不佔你時間，晚上你有約會。」鄭介禾說。鄧銘光爲他的那種大哥哥般的體貼所感動了。「你走了，將來我弟弟要出去，你一定要幫我在那兒照料照料。」鄭介禾說。鄧銘光說沒有問題。他們於是走在院子裡了。

「你再去想想。想通了，我立刻替你打一封信。」鄧銘光說。

這時一隻大洋狗突如其來地撲上鄭介禾的肩膀，使他驚叫了起來。

「Johnson! Damn you!」鄧銘光說，一面拍拍鄭介禾的肩：「牠不咬人，不怕，不怕。」

那畜牲依然興奮地跳躍著。鄧銘光抓住牠的項圈，不住地說：「Damn! Damn!」

鄭介禾站在院子裡洒脫地笑著。這時他才聽見掛在門口的一個金黃的風鈴，叮噹地響著。老王來替他開門，然後門又在他背後沉重地關住了。

快樂的寄生蟹

七月十日　星期日　怒晴

今天鄧銘光穿著一套藏青色的西裝來見我。我們在吃飯的時候，他竟熱心地談論著鄭介禾。他說鄭介禾是一個最忠實於自己的人，他也說起鄭介禾的私生活，但沒有裴海東告訴我的那麼惡劣。說實在的，鄭介禾是個挺漂亮的男孩。——應該說「男人」才對。但他一直對我冷漠。這冷漠使你想抓住他。他一定是個狡慧的男人。

吃過飯，他邀我去跳舞。這是我不曾料到的。我躊躇了一下，也就答應了。他在九月初出去，在那邊，除了康以外，也得有朋友呀。何況康也是和他一個學校畢業的。他的舞跳得不頂好。但我們還談得滿高興的。他不住的說我氣質好，有深度，這最叫人開心的了。我也告訴他我們家的生活，告訴我如何愛媽咪。他告訴我他剛剛同我相反：他的媽媽很早就死了。「老頭卻還在，」他說。因爲我從小就沒有爸爸，聽見他用「老頭」稱他的爸爸，竟叫人有些不高興呢。話題談到出國的事，他說他跟我一個學校。這是他沒有事先告訴我的。他逐漸說了許多暗示的話，使我擔心起來。後來我不得不委婉的告訴他康的事。

他的臉一下子變白了。又從白的變紅了。他奇怪地笑著。「丘士康嗎？我認得他，我認得他，」他誇張地說：「他高我兩班，就是那個黑黑的傢伙。」我一下子就明白了。爲什麼這些男孩都這樣自私，這樣自作多情呢？我越想越氣。我告訴他我要走了。他忽然沉默起來，他掏出我托他打的 form，撕成兩半、四半。他低低的說：「李玉英，你沒什麼了不起……。」我立刻離開座位，獨自僱車回家。那時沒有驚動滿場的舞客，實在是媽咪長年的訓練的結果。鄧和裴他們永遠也不會懂得「風度」、「教養」是什麼。他們簡直幼稚。

回到家裡，跳舞的時間已經過去了。媽咪正在預備最拿手的冰淇淋蘇打。伊笑著說：「你還是趕回來了。」媽咪轉過去對謝醫生說：「我的冰淇淋蘇打，小英最喜歡。」

突然間，我發覺整個客廳的沙發套子和窗簾都換了顏色了。媽咪眞是個了不起的室內裝飾家。媽咪給洋人佈置的，總是受到讚譽。將來，我的家也一定要像這樣子。康就是在這樣富麗而幽靜的客廳裡認識我的。他在去年度就是工程博士。「我這裡剛買下一幢房子，就等著你來佈置。」他在信上說。他高大，文雅而且溫柔。他曾說我是一隻快樂的寄生蟹。

「玩得快樂嗎？」謝醫生說。

「嗯。」我說。我立刻觸電一般地叫了起來：

「你和陸伯伯要送我一輛跑車，」我說：「現在我不要藏青色的。我要——隨便哪一色都行，奶油色罷！」

「小英！」媽蒼白著臉說。

「人家討厭藏青色！」

媽媽的臉色陰暗起來。謝醫生和陸伯伯都沉默著。這是怎麼一回事呢！過了一會，謝醫生說，陸伯伯，媽咪和他自己合資的公司倒閉了。「美國和日本的進口貨做得比我們好，我們競爭不過。」陸伯伯說。媽咪低聲哭著。謝醫生說他和陸伯伯想盡辦法另謀發展，一直瞞著媽咪，不讓媽咪操心。但終於無法避免破產的命運。

「媽咪，我不去了，」我堅定地說。

媽咪抱住我。媽咪和謝醫生他們力說我必需離去。「還不至於這麼困難的，」謝醫生強笑著說：「你的跑車，讓我們緩幾年罷。」

那麼這便依然是我在離家前的最後的夏日了。我在這裡，第一是愛我的親愛的，親愛的媽咪，其次是謝醫生他們。除此以外，一切叫我生厭了。

我就來了，康，讓我立刻離開這裡；讓我是一隻快樂的，快樂的寄生蟹。

——一九六六年十月《文學季刊》第一期

唐倩的喜劇

1

唐倩認識胖子老莫，是在一個沙龍式的小聚上。那天晚上，伊一下子就被老莫的那種知性的苦惱的表情給迷惑住了。伊坐在一個角落的位置上，看見他悠然地彈著吉他，唱〈翡翠大地〉。他唱完以後，一個精瘦的地質系助教宣佈說：「老莫要爲大家做一個專題報告，題目是『沙特的人道主義』。」

胖子老莫首先憤憤地說，許多人，「包括我們自己的朋友在內」，都誤把存在主義看做悲觀的、冷酷無情而且絕望的東西。實際上，「特別是沙特一派」的存在主義者，是新的、眞正的人道主義者。爲什麼呢？老莫十分熱心地說：

「因爲沙特認爲：除了人自己的世界，是沒有什麼別的世界存在的。這世界上沒有審判者，唯有人他自己的存在……」

那一陣子，存在主義就像一陣熱風似地流行在這個首善的都城中的年輕的讀書界，正如當時的一種新的舞步流行在夜總會一般。老莫一邊講，一邊從一大堆據說都是存在主義各家著作的原文書中，找到一本印有沙特照像的，任聽衆去傳觀。唐倩便因而得了第一次瞻仰了這位大師的風貌。

散會以後，唐倩頓時覺得寫詩的于舟簡直太沒味道了。那天晚上，伊想了又想，便寫了一封簡潔的約晤信給老莫。根據伊的經驗，這些知識份子中，幾乎沒有人能抵抗女性署名的這種信件的。

唐倩穿上一件鵝黃色的旗袍赴約了。伊是個娟好而且有些肉感的那種女子。伊可以想像當伊大方地伸出手來的時候，老莫那種蠱惑而驚詫的表情。然而，事實上，伊也讓老莫給吃了一驚的，因爲他穿著一件粗紋的西裝上衣，而且帶著一架圓框的老式眼鏡，使他看來蒼老許多。等到坐下來喝咖啡的時候，伊才猛然想起印在書上的沙特來。不論如何，伊想：至少他那對富泰的耳朵，倒是蠻像沙特的。

話題自然是接續著「沙特的人道主義」開始的。胖子老莫滔滔不絕地議論起來了。他縱橫上下地談基督教的和無神論的兩派存在主義底差別，他疾聲厲色地抨擊教會的人道主義。他談里爾克，然後又回到杜斯托也夫斯基。

「我們被委棄到這個世界上來，」他憂傷地輕搖著頭說：「注定了要老死在這個不快樂的地上。」

伊幾乎為這句話給惹哭了。在一刹那間，伊想起被父親捨棄了的伊的母親來：一個終年悲傷而古板的老婦人。伊的童年曾因此而過得多麼闇淡啊。

「因而，」老莫說：「人務必為他自己作主；在不間斷的追索中，體現為眞正的人。這，就是存在主義的人道主義底眞髓。」

從于舟的口中，伊向來不知道沙特是這麼迷人的作家，伊因此懊惱極了。第二天于舟來了，伊於是對他說：

「于舟，我無法再繼續我們的關係了。」

矮小的詩人于舟呆站了一會，繼而討好地笑了起來。他訕訕地說：

「為什麼呢？」

唐倩很愁苦地摸出一支香菸，用拇指和食指擎著，一如肸子老莫。于舟趕忙為伊點上火。不管他怎樣抑制，他的手就是那麼不能隨意地抖索著。

「我們倆在一起，太快樂了。」伊噴了一口青煙說：「快樂得絲毫沒有痛苦和不安的感覺。」

「是呵，我們多麼快樂！」他雀躍地說。

「快樂得忘了我們是被委棄到這世界上來的。」

「噢！」于舟有些蒼白起來了。他吶吶地說：「我知道你的感覺。」

「要注意『委棄』這兩個字！」伊不禁想起老莫的表情，隨即將擎著菸的手往遠處一攤，彷彿十分鄙惡地捨去了什麼。「abandon, a sense of being abandoned.」伊說。

「是，是。」

「現在，我們是孤兒了；」伊看見于舟洗耳恭聽的樣子，覺得一面又高興，一面又鄙惡他。伊十分之嚴重地說：「所以我們就必須爲自己做主；在不斷的追索中，完成眞我。」

于舟沉默地聽著。一種在女性之前暴露了無知的羞恥感激怒了他。他於是也深沉地說：「我完全懂得你的意思。」

「這，」唐倩說：「就是存在主義的人道主義！」

這樣，唐倩就把于舟給打發走了。伊是個絕頂聰明的女子，在這個首善的都市裡的小小知識圈裡，逐漸從伊的發表得並不緊密的小說成了名。許多人都在沒有見到這個奇絕的女子之前，便風聞了伊的盛名。其中的原因之一，是伊很敢於露骨地描寫床笫間的感覺。而況乎在這個小小的讀書界裡，原就頗有一派崇拜柏特蘭・羅素的試婚說的性的解放論者。

這些個在逛窰子的時候能免於一種猥瑣感的性的解放論者，立刻熱烈地擁護了唐倩和老莫公開同居的事。據他們說，這是試婚思想在知識界中的偉大的實踐。而且由於沙特和西蒙・德・波娃之間，據說也是一種「伴侶婚姻」的關係，「老莫他們倆」的盛事，便不脛而走，在我們的小小的讀書界中傳爲美談了。

和老莫在一起的生活，對於唐倩說來，實在是一個了不起的躍進。由於伊的敏慧，伊不很困難地就學會在言談中使用像「存在」、「自我超越」、「介入」、「絕望」和「懼怖」等的字眼。後來老莫從《生活》雜誌的圖片上，介紹一種新的標示知識份子的制服給唐倩。過不了幾個月，唐倩便留了一頭自然下垂的烏黑的長髮，穿著一件寬鬆的粗毛衣，下著貼妥的尼龍長褲，然後再爲伊的娟好的臉上架上寬邊的太陽眼鏡。這種「冷敲熱打」（the beatnick）的衣服，確乎爲唐倩增加了一種蠱惑的力量。

因爲除了旗袍，再沒有一種日常的穿扮比這個更能顯出伊的肉感底氣質來。現在，伊逐漸宣稱自己是個熱心的里爾克迷。伊能夠「從心的最深處」了解里爾克眼中「空無的世界」。伊越來越歷練地在老莫的崇拜者中，抑揚有致地吟誦里爾克的這樣的句子：

——他的目光穿透過鐵欄
變得如此倦怠，什麼也看不見。
好像面前是一千根的鐵欄
鐵欄背後的世界是空無一片。

至於老莫，則仍然去穿著他的粗紋西裝上身，戴著圓框的老式眼鏡。使他遺憾的是他至今還弄不到一枝像樣的板菸斗。但是，儘管這樣，老莫之做爲存在主義底教主的身價，與夫唐倩之成爲他的美麗的使徒的地位，是早已確定了的。因此，在那幾年裡，老莫眞是十分走了運的。據他說，他曾長年寄居在他的姨媽家，「受了長久的基督教的綑綁」。他在他的青春覺醒了的年代，狂熱地戀愛了他的姨表妹，卻因他的孤苦狷狂，遭了姨媽的反對。

「我從此發現了基督教的僞善。」他對一個大學刊物的記者說：「那次的戀情是激烈的。我曾經兩夜三天長跪在伊的窗前。」他笑起來，他只有在發笑的時候才是充滿感情的。他接著說：「這第一次的失戀，使我打破了與肉體游離的、前期浪漫主義的戀愛觀。」

「這樣看起來，」記者說：「你之走向反神的存在主義和羅素的性解放論，是有深刻基礎的了。」

「正是這樣。」胖子老莫莊嚴地說。

唐倩是衷心崇拜著胖子老莫的。伊尊敬男人，這是第一次。其實伊記不得自己在高中二年級的時候，也崇拜過一個能說善道的公民老師。那時候，伊曾經是一個熱心的愛國反共的學生。除此之外，男人實在只不過是一個對象罷了；而且久而久之，伊漸漸以各種方式去把男人驅向困境爲樂。據伊自己說，曾經有一個殺過人的彪形大漢，站在伊的床前，說：「小倩，你難道不知道我多痛苦！」而使伊快樂了幾個月之久。

所以伊不久就發現到老莫也具備了一些男人——特別是這些知識份子——所不能短少的僞善。他在他的朋友之前，永遠是一付理智、深沉的樣子，而且不時表現著一種彷彿爲這充塞人寰的諸般的苦難所熬練的困惱底風貌。

「儘管人的歷史上充滿了殘酷、欺詐和不公，但卻有一絲細線不絕如縷。」他很肅穆地說：「那就是人道主義……」

然而，當他在床笫之間的時候，他是一個沉默的美食主義者。他的那種熱狂的沉默，不久就使唐倩駭怕起來了。他的饕餮的樣子，使伊覺得：性之對於胖子老莫，似乎是一件完全孤立的東西。他是出奇地熱烈的，但卻使伊一點也感覺不出人的親愛。伊老是在可怖的寂靜中，傾聽著他的狂亂的呼吸和床笫底聲音，久久等待著他的萎潰。伊覺得自己彷彿是一隻被一頭猛獅精心剝食著的小羚羊。然而，這自然也不是不曾把伊帶到一個非人的、無人的痙攣地帶，而後碎成滿天隕星底境地。

而且，很多的時候，當他從半虛脫的狀態中回復過來之後，他還可以立刻繼續事前議論：

「——我們談到那裡呢？對了，人道主義。」他於是爲自己和唐倩點上香菸，把被單拉好，繼續說：「而存在主義的人道主義，便是這種永恆底創造性的開展！」等等。

然後他會從床邊的小几上取出一大本剪貼的本子。本子裡面，儘是貼滿了《生活雜誌》、《新聞週刊》和《時代週刊》上剪下來的越南戰爭的圖片。據他說，存在主義者最大的本質，是痛苦和不安。而這些圖片則最能幫助「離開戰爭太遠」的人們，蓄養這種偉大的不安和痛苦之感。

「看看這些卑賤的死亡罷！」他不屑地說。

唐倩於是看到一些被火焰燒成木乃伊一般的越共的屍體；在西貢的鬧區被執刑了的年輕的囚犯；許多裸足的，穿著黑色衣衫的戰俘，在一大羣嘻笑的、穿著漂亮的制服和大皮鞋的越南戰士中，瑟縮地抽著帶濾嘴的香菸。

「看看這些愚昧的暴行罷！」

然後又是一大堆爲越共的自殺性的暴行所造成的圖面，燃燒著的飛機；成爲瓦礫和灰燼的軍用宿舍；流血滿面的兵士，未曾爆炸的爆破物……。

在開始的時候，這一切都使唐倩驚駭到了極點。而胖子老莫對於這些躲在叢林中去爲一種國際性的陰謀效命的黑衫的小怪物，實在是痛心疾首的。唯獨有這一點，他和他所敬愛的柏特蘭・羅素老先生的意見，很顯得相左了。

「他爲什麼這樣呢?」他痛苦地說。

胖子老莫堅持:美國所使用的,決不是什麼毒氣彈,就如羅素所說的。那只是一種用來腐蝕樹葉和荒草的藥物,使那些討厭的黑衫小怪物沒有藏身的地方;至於那些黑衫的小怪物們,決不是像羅素說的什麼「世界上最英勇的人民」,而是進步、現代化、民主和自由的反動;是亞洲人的恥辱;是落後地區向前發展的時候,因適應不良而產生的病變!

對於這種的議論,唐倩自然也是完全贊同的。只是伊爲了這些圖片底緣故,有一個多星期幾乎驚悸失常,食不知味,而且眞正地被培養了一種深入存在主義所必要的不安和偉大的痛苦感。而且,在胖子老莫的指導下,伊的小說裡穿揷出現了這樣的描寫:

他悲傷地望著他的任她怎樣愛撫也沒法充分勃起的男性,困頓地說:

「每次看到你的裸體,我就想起你的死體是否也這麼美麗。而每次想到那命定的死亡,我就不來事了。」

「……?」她忽然開始啜泣起來。

「我們被委棄到這世界裡來，而且注定了要死在這個不快樂的大地上。」

這一段精彩的敍述，立刻轟動了全國新銳的讀書界。一個在外埠的年輕的批評家說，這是「存在主義在中國新文學上的光輝的收穫」。有多少人背誦著這段感傷而意象優美的文字，而低迴不能自已。唐倩便這般地在一夜之間，成爲偉大的小說家。只有胖子老莫，則由於擔心別人因著這樣露骨的描寫，連想到他和唐倩之間的性生活，而在私下苦惱萬分。

胖子老莫和唐倩他們的快樂而成功的日子，就這樣月復一月的過去了。唐倩對於他的愛情，也一日濃似一天。伊因爲怎麼也拂不去想爲胖子老莫這麼一個具有偉大創造力的天才懷一個甚至一打孩子的願望，而終於秘密地爲他懷了三個月的胎。知道了這件事的胖子老莫，立刻就很慌張起來了。

「我喜歡和你有一個孩子，小倩，」他柔情似水地說：「可是，小倩，孩子將破壞我們在試婚思想上偉大的榜樣……。」

伊一聽，就流淚了；伊流淚像一個平凡俗惡的母親。

「我太了解你的感覺了，小倩。可是讓我們想想我們的使命，好嗎？」

唐倩只是連伊自己也莫名其妙地啜泣著，一句話也答不上來。

胖子老莫用他宣教一般莊嚴而溫柔的聲音，列舉了許多柏特蘭・羅素老先生的話。唐倩只是流著淚，然而也從順地接受了他的想法。伊只是說：

「老莫，你要記住，這是你不要的……。」

伊在一個破敗的陋巷中的「醫院」，取去他們之間的另一個生命。伊永遠也忘不掉那裡的數對只有伊才了解的絕望而恐懼的眼睛；那裡原始的叫喊；那裡的血污、陰闇和惡臭。然而伊始終不作一聲，倒是胖子老莫卻自始便涕淚縱橫，不能自主。

然而，自此以後，他們之間便彷彿慢慢地結了一層薄薄的凍霜。儘管只是那麼些被剪戳得支離破碎的人肉罷了，唐倩卻越來越像一個喪子的母親。伊的那種強韌的悲苦，和大地一般的母性底沉默，在私下，很使胖子老莫懼怖得很。至於胖子老莫，則後來據說很爲一種「殺嬰的負罪意識」所苦，竟使他感覺到一種無能在威脅著他。這個威脅使他焦慮萬分，卻屢試而爽。但胖子老莫終於得到這樣的一個人道主義底結論，而深信不疑。那就是：「每次想到那個子宮裡曾是殺嬰的屠場，一個眞誠的人道主義者，是不會有性慾的。」他必須強迫自己深信這個結論而不疑，才能夠戰勝在他裡面日深一日地蔓延著的去勢的恐怖感。

然則，在那年的冬天，這一對偉大的試婚思想的實踐者，終於宣告仳離了。關於這仳離的理由，據我們的讀書界的消息說，則是因爲他們要去「不斷地追索，以實現眞我」底緣故。

2

唐倩再度出現在我們的小小的讀書界，是一年又五個月以後的事，於今伊不復是一個憔悴、蒼白的受了剜割的母親，而是一個嫻好的少婦了，帶著伊重新出入在知識圈子的，是一位年輕的哲學系助教羅仲其。由於他的頭顱出衆地大，所以一向都把頭髮理得很短，卻也仍然不能免於別人之以「羅大頭」去稱他。然而，一年多以來，「羅大頭」這個稱呼，漸漸的超出了止乎一個稱呼的範圍，而成爲某一種知識界對他的好意和尊敬；因爲他在存在主義的熱風之後，堅實有力地爲我們這個嗷嗷待哺的讀書界呼引出一陣新風，那就是「新實證主義」。儘管維也納學派底成立，是三十年代的舊事了，但「新實證主義」或「邏輯實證主義」被這裡的讀書界熱烈地關切著，猶如它是昨夜才誕生的最尖端的議論一般。

最令人驚異的，是以新的姿態出現的唐倩，竟變成爲一個語言鋒利、具有激烈黨派性的新實證主義者。據伊的說法，伊已經把存在主義的時期，毅然地當做「嬰兒時代的鞋子」，予以揚棄了。唐倩能這樣恰到好處地引用這句話，做爲伊底方向轉換的宣告，也足以看見伊底敏慧之處了。

自從唐倩「跟上」了羅大頭之後，新實證主義底一派，似乎把他們分析批評的火力，對準了以胖子老莫爲首的存在主義派。據羅大頭們說：存在主義者們，其情感固然是頗爲豐富的，但以新實證主義底分析的方法檢查起來，實在只不過是由於情緒衝動而來的一些無意義的吶喊罷了，合當予以「取消」。至於他們底人道主義，羅仲其的批評是這樣的：

「哲學的唯一工作，是對於自然科學底語言，做邏輯的分析。『人道主義』和它底各種內容——當然包括什麼存在主義底人道主義在內——和自然科學底眞理，絲毫沒有相干的地方，是一點也經不起分析底批判的。哲學家的任務，是要把一切不是唯理的、邏輯的和分析的東西，從哲學的範疇中，予以取消！」

由於新實證論者以深奧的數學和物理爲言，他們的攻訐便像一把利劍刺進了圍繞在存在主義周圍的，數學不及格的擁護者們。而且由於它具備了邏輯訓練和語意學等特定的方法論的東西，使羅大頭們儼然地以新的學院主義爲標榜，有時甚至於使他們有置身於維也納古老學園裡，和白髮斑斑的卡納普、萊申巴赫們平起平坐的幻覺呢。因爲這樣，如果有人指摘唐倩的轉向，是由於伊和胖子老莫之間的私怨所致，是不被允許的。至於唐倩伊自己，則也很能絲毫不帶著「主觀情緒」地說：「不是我不愛我友，實因我更愛眞理！」之類的話。

而遇到勁敵的胖子老莫們，雖然只能指摘新實證派的哲學爲一種「狗窩的哲學」，但由於自己絲毫沒有招架的東西，便逐漸不免於沒落底命運。在另一方面，新實證主義因爲需要太多的學院式的基礎，也不曾有若當年的存在主義之蔚爲風氣。儘管唐倩曾經苦心地使用「凡是女性，莫不迷信戀愛的；而在戀愛中迷失自己的，又都是女性。所以凡在戀愛中迷失自己的，莫不迷信戀愛。」之類的敍述去寫小說，以資推廣這種新的唯理論，不幸卻似乎並不成功。然而，這個新的批評運動，在普遍的懷疑主義傾向中，獲得了它的立足點。

「對於你的觀點，我十分懷疑，」羅大頭威嚇地說：「因爲構成你的觀點的這個基本部分，顯然犯了訴諸情意底誤謬；而那個部分呢？則又犯了訴諸權威底誤謬！」

這樣一來，知識界中一大批天生的犬儒的質疑論者，便欣然地獲得了一種似懂非懂的理論和方法。被這種理解和方法武裝起來的質疑派，一律都顯得熱愛眞理，而且由於太過於熱愛眞理底緣故，不得不成爲一個質疑論者，應用這種質疑的利刀，顯然有兩個好處：第一，它能提供一種詭辯的詰難所獲得的快樂；第二，它使自己從消極的、守勢的地位，轉而爲積極的、外侵的質疑者。於是質疑不再是一種苦悶，一種憂悒，而是一種虛榮，一種姿勢。

然而站在質疑主義的先鋒，而且儼然地在我們的讀書界裡取代了胖子老莫的羅仲其，忽然發覺到：在唐倩的許多細小的行爲上，殘留著許多胖子老莫的習慣。他知道轉換了方向以後的唐倩，在哲學思想的道路上，確乎和存在主義劃下了一道鴻溝；伊對於存在主義底攻擊之熱心，是不容「質疑」的。但是，只要他細心觀察，伊的用拇指和食指抽菸的樣子；伊在發著議論時那種故做莊嚴的腔調；伊的只是轉動著手掌的手勢；伊的把右腿架上左腿，然後在高興的時候猛力拍打右膝蓋的習慣；伊在寫字的時候，把頭向左邊做大約四十五度的傾斜的樣子……，實在沒有一樣不是繼承自那個可憎的胖子老莫的。這個頗爲突然而令他大吃一驚的發現，一時很使崇尚唯理論的羅大頭，大爲煩惱。不幸的是，這種煩惱每天每天都在他的心中拓展著一定的陰影，而終於爆發爲一場兇猛的爭吵了。

平心而論，唐倩在動作上留下老莫的習慣，或許是事實的罷。然而，倘若羅仲其給予同樣的注意力的話，他將發現他自己的動作和習慣，也在唐倩的身上留下了一定的影響；比方說在吃飯前一定要喝上一杯白開水；說話的時候微微地晃動腦袋瓜子；巧妙地用一種譏諷的微笑去聽別人的意見；吃蘋果的時候要從它的屁股啃起；洗澡的時候一定要哼著他的江西老家的小調，等等。

所以，當羅大頭一個人在深夜裡讀罷，用雙手捧著他碩大無朋的大腦袋瓜沉思著的時候，就不由得想到一個屬於他自己的危機。他冷靜地「分析」的結果，他實在是很深地戀愛著唐倩的。爲什麼他會怒不可遏地爭吵呢？理由很簡單：他妒忌。

妒忌什麼呢？妒忌胖子老莫在伊的行爲上留下來的一些可見的影響。這個影響差不多立刻使他想起那些不可見的影響。或是一樣可見而爲他所不識的影響，比方說伊在床笫間的一些奇怪的小動作。好了，思想被引到這裡的時候，他便再也忍受不住了。

然而，這樣的問題，似乎無從自實證邏輯的「方法」去取得解決的罷，他於是止不住淚流滿面，一個箭步跑到臥室裡，搖醒沉睡中的唐倩，聲淚俱下地說：

「小倩，我對不住你。我不該這樣無理取鬧呢。我實在太需要你的了，沒有你我簡直活不下去。我流浪得夠了，我什麼也沒有，就只有你一個人是我的……。」

唐倩是個十分之善良的女孩。加之又是在臥室裡，他們自然便立刻取得十分甜蜜的和解了。那天夜裡，他告訴伊他自己的一段往事。他有過一個幸福而富裕的家，他是這個家庭的快樂的獨生子。然而不幸地，共產黨鼓動暴民在一夜之間毀滅了一切：母親懸樑，父親被逼死在一個暴民的大會裡。「我一個人流浪，奮鬥，到了今天。」他啜泣說：「比起來，他們搞存在主義的那一個懂得什麼不安，什麼痛苦！但我已經嚐夠了。我發誓不再『介入』。所以我找到新實證主義底福音。讓暴民和煽動家去吆喝罷！我是什麼也不相信了。我憎恨獨裁，憎恨奸細，憎恨羣衆，憎恨各式各樣的煽動！然而純粹理智的邏輯形式和法則底世界，卻給了我自由。而這自由之中，你，小倩呵，是不可缺少的一部分！」

一夜無話。

第二天晚上，羅仲其和唐倩以年輕的知識界的代表身分，相偕去參加一個政治研究所的餐敍會，發表了演說。他在結論的時候，更加意氣軒昂地說：

「……他們說什麼『反對新老殖民主義』；什麼『反對走資本主義路線的反動派』；什麼『中國人民支援一切英雄的民族民主運動的各族革命人民』；什麼『爲祖國社會主義建設團結一致』。」

「這些只不過是煽動家的話，是感情衝動的、功利主義的語言。它也許足以發動一大羣無知的暴民，卻絲毫沒有眞理底價值。」

「眞理，各位！爲了眞理底緣故！」

「而眞理，是沒有國家、民族和黨派底界限的！」

唐倩在熱烈的掌聲中，偷偷地爲他流下高興的眼淚。但是羅仲其的脾氣，卻逐漸地變得反覆無常了。許多的時候，他的確是個腦筋冷靜的新實證派底哲學家。然而，他也會突然地變得情緒激動，毫無理由地感到孤單，感到不被唐倩所愛，淚流滿面地乞求唐倩在愛情上的保證。而最壞的情況是：他又會因著唐倩過去和老莫的關係，大發醋勁，暴怒不可自遏。

分析起來，導使羅大頭變得這樣反常的，至少有下面的幾個原因：

羅仲其的不幸的童年，換句話說：他的家庭底災難，加上他長時期在不安定的恐懼中底生活，使他完全失去了面對實際問題底核心的勇氣。他埋首在哲學著作的書城中，實際上是在玄學的魔術裡找尋逃遁的處所。這樣，他找到了把一切都純粹化、追求最明白的意念的新實證主義。這個東西恰好從正面供給他逃避，「勾銷」一切使他的知識底良心發生疼痛的過去的、和現在的難結之理論和方法，從而把他的知性底弱質，整個兒給正當化了。但是，這畢竟只是解決了他的知識範圍的難結罷了。他逐漸感覺到：這種固執的和故意的歪曲，實在只不過是一種幻想而已。許多他所不能「勾銷」的事事物物，依然頑固地化裝成他的感情生活裡的事件，尋其出路。他逐漸地被這樣重苦的矛盾所攻擊著了。

此其一。

其次，他越來越發覺到：唐倩這個女孩子，是敏慧而不可征服的。有一次，伊有些害羞地說：

「我一直有一個問題想問你。」

「嗯？」

「你曾說你在最後，是一個質疑論者。」

「不錯。」

「爲著眞理的緣故，所以必然地要成爲質疑論者。」

「不錯的。」

「對於每樣事物，莫不投以莊嚴的質疑底眼光。」

「不錯。」

「因爲質疑即所以保衛和發展眞理。」

「不錯的。」

「以免眞理爲愚昧的、易受煽動的暴民給惡俗化了。」

「正是這樣。」

「可是，」唐倩憂愁地說：「當我們懷疑到質疑本身的時候，該怎麼辦呢？」

他立刻感到像是被一步步騙上一個絕境裡，而大爲恚憤起來。當然，以他在哲學上的訓練，再加上唐倩在主觀上本來就願意要從他那兒獲得一個解決，所以他只消兩下子就把這個難題給「勾銷」了。

然而伊的這種本然的智慧，卻很使他覺得不自在了。伊已是那樣自在地、用著伊底女性的方式，信仰著他所給伊的一切。每一樣事情，據他觀察的結果，包括吃喝、睡覺和議論，在伊都顯得自在而當然，絲毫沒有他那種內在的不可遏止的風暴。伊底這樣的安逸，雖說淺薄，卻有力地威脅著他。使他感覺到某種男性獨有的劣等感了。

此其二。

再次，唐倩的這種一如大地一般地包容一切、穩定而自在的氣質，在另一種意義上使他深感不安。那就是伊能夠從容而且泰然地提起伊過去和胖子老莫之間的事。

「你不知道他那戴著圓框眼鏡的樣子，有多麼好笑！」伊說：「只有在上床睡覺的時候，他才取下那副寶貝眼鏡，然後喝上半杯冷牛奶。」

「喝上半杯什麼？」

「冷牛奶。」

「噢！」他說。他幾乎衝口而出：「所以你一直到現在還在睡前喝上半杯冷牛奶！」

「他沒戴眼鏡的那種表情啊，」伊十分開心地笑著：「看起來像一個睜眼的瞎子。」

他說：「哦哦。」他的怒氣因看見伊竟懷著某一種寬容的友情敍述著老莫而上升著。但是他決定不讓伊看見他的妒忌，這是一種鬥爭啊！他想。

「不過他笑起來的時候倒蠻好看的，眞的，」伊認眞地說：「只有在笑著的時候，那個人才令人覺得溫柔，充滿感情。」

「你說夠了罷！」

「噢，」伊歉然地說：「難道你還吃他的醋嗎？」

伊于是很女性地因爲他的還吃著那陳年老醋而高興得哼起他的江西小調來。

他的怒氣使他雙手發抖，「不能氣，不能氣，」他對自己說著。他走到廚房裡：「否則又讓伊勝利了。」他想：「這是一種鬥爭啊！」

像這一類的事，無需很久，就使他罹患了神經衰弱和偏頭痛的毛病了。然而，爲了鬥爭底緣故，他連這些病痛都沒告訴伊；而且，有時正衝著偏頭發疼的時候，還得裝著快快樂樂地唱他的小調，以資掩飾呢。

此其三。

最後的一件事，則恐怕是最嚴重的罷：那就是他在床笫的生活中，發生了一股巨大的，對於自己的男性能力的不間斷的懷疑。

起初的時候，他是爲了征服他所不識的那些胖子老莫留給唐倩在生活上的影響，而開始致力於那種生活的。然而，過不了多久，他就發現一件可怕的事實了。他理解到：男性底一般，是務必不斷地去證明他自己的性別的那種動物；他必須在床笫中證實自己。而且不幸的是：這證明只能支持證實過的事實罷了。換句話說：他必須在永久不斷的證實中，換來無窮的焦慮、敗北感和去勢的恐懼。而這去勢的恐怖症，又回過頭來侵蝕著他的信心。然而，當男性背負著這麼大的悲劇性底災難的時候，女性卻完全地自由的。女性之對於女性，是一種根本無須證明的、自明的事實。倘若伊獲得了，固然足以證明伊之爲女性；而倘若未曾獲得，也根本不足以說明伊底失敗。

這樣的一個嚴重的質疑，終於把羅仲其逼得發狂，而終至於自殺死了。

我們底美麗的唐倩，實在是傷心欲絕的了。伊是一點兒也不曉得伊底可憐的羅大頭的內部的糾結的。伊只知道：這個曠世無匹的天才，是怎樣痛苦地熱愛著伊的。至於一般讀書界的評論，則是：「天才與瘋狂之間，不過毫釐。」而且一直到他死後的半年，還有人不斷地寫著「我的朋友羅仲其和他的哲學」之類的文章，也誠可謂備極哀榮的了。

3

羅仲其死了以後，沒有人會想到唐倩竟然會如此之悲傷，至於形銷骨立，而且差不多有一年之久罷，伊的密而濃的髮茨之上，日日簪帶著一朵絲絨做成的素色的小花，以誌哀思。事實上，每次伊回想起他的因火熱而雜沓的愛情而苦惱著的大大的臉，便止不住泫然落淚，唏噓不能自已了。

就是這樣，伊便再次從我們的小小的讀書界中消失了。然而，熟悉伊的兩次或者其中一次戀史的人們，卻依然不間斷地談論著伊。對於他們，唐倩實在是我們這個社會裡許許多多「離不開媽媽」的、「現實」、「沒有靈性」、而又「意志薄弱」的知識女子們的好榜樣。他們以欽羨而又亢奮的口氣，談論著伊如何是一個「全身都是熱力和智慧的女人」，是「一杯由玫瑰花釀成的火酒」，是「使男性得以完成的女性」，等等。

這種熱烈的、懷鄉病的議論逐漸變得幾乎是一種古典的傳說的時候，唐倩終於第三次綻開了一朵戀愛的花朵。然而，這次伊卻立刻從那些熱心的崇拜者們之中，招來浪潮一般的惡罵了。僅只因爲這次選擇了一個十分體面的留美的青年紳士的緣故，伊於今便在隔夜之間被批評爲：墮落一至於成爲一個「下賤的拜金主義者」、一個「民族意識薄弱」的「洋迷」，而且一歎再歎地說：唐倩終於「原來也只不過是一個惡俗的女人」罷了。

這些惡批評，終於傳到唐倩的秀巧的耳朵裡的時候，伊只是揚了揚長在伊的已經十分豐腴起來了的額上的令人心輭的眉毛，說：

「喬，你向他們解釋罷！」

那個被稱為喬的漂亮的青年紳士，十分優雅地笑了起來。他用左手把西裝的第二個鈕扣解開了又扣上，扣上了又解開。

「美國的生活方式，不幸一直是落後地區的人們所妒忌的對象。」他說：「我們也該知道：這種開明而自由的生活方式，只要充分的容忍，再假以時日，是一定能在世界的各個地方實現的。」

他說話的時候，一直是那麼優雅又和藹地笑著，彷彿一個耐心的教師。就是喬治・H. D. 周的這種溫和洒脫的紳士風采，吹開了唐倩的封凍的芳心的。他的西服總是剪裁得十分貼妥。他的穿著畢挺西褲的長腿，在第一次見著他的時候，就使伊的心為之悸悸不已。他的頭髮總是梳理得整齊俐落。而最別緻的，並不是他的寶石一般的袖釦；而是他的與西裝一個料子裁成的夾背心，它妥貼地罩著雪白的襯衫，令人歡悅。然後喬對你笑了，笑出淺淺的，年輕的皺紋來。

對於唐倩，這一切誠然是一種不可抵禦的魅力。伊彷彿遇見了在西洋電影中習見的那些風流紳士一般。電影中的那種溫柔，那種英俊，那種高尚以及那種風流，都在喬治・H. D. 周的最細小的動作上，活生生地具現了。所有這些，與過去偕同胖子老莫以及羅大頭們的生活，是何其不同。那些空虛的知性、激越的語言、紊亂而無規律的秩序、貧困而不安的生活以及索漠的性，都已經叫唐倩覺得疲倦不堪了。在朋友家認識他的那夜，他開車送伊回家。這首善的都市底魅人的夜，以千萬種溫柔底光輝，搖曳著流進他們的車子。伊坐在舒適的車子裡，望著他滿有某種信心的側臉，覺得彷彿有一種生活上十分實在的東西打擊了伊。唐倩需要一種使伊覺得舒適和安全的東西，就好像此刻伊坐在車子裡的那種感覺。外面是囂鬧，是歡樂，是黑夜，而伊享受著它們，在這樣一個舒適又安全的車子裡。而車子流動著，彷彿一艘船。

「你知道嗎？」車子對著紅燈停下的時候，喬治・H. D. 周說：「我離開美國，就不停地懷念著那個地方……。」

車子又開動了。唐倩在車子變速的時候，震動了一下。「噢，請原諒。」他用英語說。唐倩微笑著。

「我在舊金山住了四年，然後在紐約做了兩年事。」他鄉愁地說：「我愛那些都市，They're just beautiful, you know。」

他說那些城市實在美好。他於是輕微地對自己笑起來。他說他實在止不住在言談中溜出英語來。喬治・H. D. 周是學工程的。拿到碩士以後，在紐約考上了一家機械公司。這年秋天，他受公司的委託，回到這裡的分公司幫著解決一項技術上的問題。據他說，就只工業技術一層，中國跟美國比起來，簡直是絕望的。唐倩想了想，說：

「在那邊，做一個中國人，一定是一種負擔，是不是？」

「Well，」他說。伊喜歡他那種筆直地望著前路講話的樣子。他看起來那麼有把握，彷彿這世界就在他的掌握之中，一如那方向盤。「well，不能說沒有差別的罷。」他接著說：「可是除了這一點，那邊的每一件事都叫你舒服：那種自由的生活，是不曾去過的人所沒法想像的。」他們看到一個加油站，他說：「請原諒我停下來加點油。」

「沒關係。」唐倩說。他下了車跟工人講話：「請你——」車門被關住了，把他的話也給關在外面。伊想到他要停下車加油，何至於也要請求「原諒」，便一個人抿著嘴笑了。不過伊已經決定從今以後，要好好地穿戴起來。伊知道：只要伊打扮起來，新的美艷，是依然會回到伊底生活裡來的。他開門進來。「對不起。」他說。車子又開動了，彷彿一艘船。

「這裡加油要自己下車開油箱的蓋子。但是在美國，工人會幫你做得好好的。中國的Service就是這樣差！」

他似乎很遺憾地說。彷彿這又是中國之所以落後的一端。然後他接上方才的話題。他說：

「那種自由，是無法想像的。……你在那些城市裡，開著車通過那些偉大的街道。那些有秩序的人羣；那長長的金門大橋；太陽遠遠地落著……。沒有人干涉你；你愛怎麼樣，就怎麼樣。」他說他現在做夢也回到那邊去。事實上，他在九月裡就要回去了。他們數著他要回去的日期，使車子裡的兩個人都快樂起來。

「這次回去以後，我會懷念這裡的，」他迅速地瞥了唐倩一眼，說：「因爲我在這兒碰到你，噢，你是如此地美麗，I'll miss you really. I'll miss you very much.」

唐倩的臉以不令人察覺的程度紅了起來。他說那些話的表情是那麼堅定，使你分不出是一種恭維呢抑或是一種表白。「一個人應該爲自己選擇一個安適的位置。到一個最使你安逸的地方，找一個最能滿足你的生活方式。這是做一個人的基本權利。國籍或民族，其實並不是重要。我們該學會做一個世界的公民。」他說：「請原諒，我顯然說的太多了。我不是多話的那種人，眞的，可是你使我覺得要向你傾吐，不知道爲什麼。」

那夜唐倩回到家裡，一進房間便坐在鏡前仔細地端詳著自己。想起離開九月只剩下四個月的時光，所以伊必須立刻動員起來了。伊忽然覺悟到：這差不多一年多來的不快樂的日子，實際上並不見得是因爲傷羅仲其之逝而然的。羅的死，在隱約中，使伊感覺到一個沒有出路的窘迫。就是這種絕望的窘迫感綑綁了伊。但今夜伊忽然窺見另一個世界底存在。伊或者並不切膚地感覺到喬治・H.D. 周所樂道的自覺的幸福云云底必要罷，然而那新世界底發現，豁然地使伊不由得有一線光明底再生之機，射入伊底無出路的生命中來。

果然，喬治・H.D. 周忽然覺得唐倩正以令人目眩的變化，日復一日地美麗起來。每次遊罷歸去，他總是不免自問：是否他竟然已經同伊「掉進愛裡」。至於唐倩這一方面，則經過分析和計算的結果，知道了喬治・H.D. 周一直都不是一個闊綽的人。數年自食其力的留學生活，已經在他的生活的每一個細節上留下刻苦儉約的痕跡。當然，唐倩自己也相信：這種儉約，其實就是美國的生活方式的重要精神之一。因此，伊便很善於在適切的時候，表示了伊的得體的儉約。這種姿態果然立刻獲得喬治・H.D. 周的歡心。

「爲什麼要花那些錢去夜總會看蹩腳的節目呢？」伊說。

「沒地方去呀！」喬治・H.D. 周說。

「隨便覓個地方聊聊，不好嗎？」

於是他們找到一個小小的，安靜的地方喝咖啡。然而據他說，這咖啡實在不如他在美國的時候喝的香，特別是在舊金山的大學城裡的一個小咖啡舖子裡的。

「那個舖子是一個丹麥人開的，經常擠滿了買午餐的學生。」他說：「那裡的東西好吃，而且掌櫃檯的，是那個丹麥人的女兒：雪白的皮膚，金黃色的頭髮！」兩個人都笑了起來。「我曾聽說北歐的女人最漂亮。」伊說。「你知道罷？」他說：「第一次遇見你，就覺得你的嘴唇的線條和下巴的樣子很像伊。」伊笑著說：「使你想起過去的韻事了。」

「Yeah,」他彷彿十分爲難地說：「我們一起出去過幾次。伊差不多和每一個約伊的人出去。」

「你愛著伊的罷？」

「Oh, no!」喬治・H.D. 周大聲地說：「no, no! 不過伊是一個熱情的女子，眞的，一點也不像伊的冰封的祖國。有一個從曼哈坦來的美國小伙子爲伊舉槍自殺了。」

伊微笑地傾聽著。他一下子就喝光那杯不如美國的那麼香的咖啡。伊看得出他在談論著那個丹麥女子時的一絲潛伏的激情。現在他要了一杯琴酒。他問唐倩是否也來一杯，伊笑著搖頭。唐倩開始抽他送給伊的薄荷香菸。

「你知道罷！」他啜了一口酒說：「你抽菸的樣子眞好看。」他也摸出一根香菸，學著用拇指和食指拿香菸，唐倩於是止不住咯咯地笑起來。過了一會，伊說：

「伊叫什麼名字呢？」

「誰叫什麼名字呢？」

「那個丹麥女郎。」

「噢！」他說，喝下半杯琴酒，「叫安妮。Anne Kerckhoff，可是我們都叫安妮——Annie。伊是個熱情的女子，眞的。」他把剩下的半杯又喝光了。他說：「光談戀愛，安妮是個舉世無匹的對手。伊是那麼令人歡躍啊！但做妻子就不行了。每個男人都需要一個溫順賢淑的女人做妻子。」

唐倩微笑著，爲了要顯得溫順賢淑起見，伊沉默著。

「妻子是妻子，」他用英文說：「情人是情人。……噢，你瞧，我又說得太多了。」

他又要了一杯威士忌蘇打。那夜喬治・H.D. 周彷彿有些陶然了罷；他在回程的車上，不停地用他的輕度音盲的嗓子，反反覆覆地唱著他的舊金山州立大學時代的足球隊歌。而且在離開唐倩之前，適時地在伊的門口吻了伊的未曾預料的、驚詫的唇。

唐倩記牢了喬治・H.D. 周的雙重標準：即所謂「溫順賢淑的妻子」以及「情人是情人，妻子是妻子」的哲學，而予以充分的把握，巧加運用。過不多久，這個對自己的事業充滿進取的雄心的青年紳士，便發現唐倩不論做爲一個情人或妻子，都是個完美的上選女性。他在一個有月亮的晚上，肅穆地提出了求婚。唐倩裝著又驚又喜的樣子答應了。於是他們訂了婚。

訂婚的儀式儘管有些豪華，卻是出奇地寂寞的。唐倩於茲才知道：在這裡，他幾乎連半個稍微近一點的親戚都沒有。只有一個又瘦又高的，看起來比喬治・H.D. 周蒼老些的男子，是在大學裡同寢室的同學；另外一個矮小而老耄的髒老頭，是周在還沒出國以前的房東。

「周宏達，我知道你一定有今天的。」高個子抬著醉紅的臉說。

「老馬，謝謝你了。」

「記得我們那間爛宿舍嗎?」

喬治·H.D. 周笑著。

「我們在冬天一塊蓋一條被子。」高個子用沙啞的聲音笑:「你說:『老馬,我們要這樣窘困到什麼時候?』我怎麼說咧?我說我顛沛得夠了,我不再爲這操心。」

高個子讓喬治·H.D. 周搬了搬肩膀,彷彿有些愧色。而周則有一種憐憫和驕傲的模樣。

「老馬,路是人走出來的。」周誠懇地說:「只要我們肯幹,機會總是在那兒。」

「好在是你自己要好,」高個子老馬說:「當年你媽還吩咐我要好好罩著你咧。」他搔了搔後腦袋瓜子,說:「我這輩子,是沒攪頭了,但我不難過,我廢了!」可是他哭了;然而只那麼一會兒,他又高興起來:「周宏達,我多喝幾杯酒,你不嫌我饞罷?以後也不知什麼時候才喝得上這麼好的洋酒。」

喬治·H.D. 周友善而悲憫地笑著。至於那矮小的髒老頭,則一句話也不說地坐著,一點點酒,已經使他的瘦削的頰,紅成兩顆熟透的李子,看來彷彿一則童話裡快樂而好心的老頭。至於唐倩的母親,則靦覥不安地偎在美麗而煥發的女兒身邊,細細地談著話。伊的那種老棄婦獨有的苦楚的表情,在這歡喜的氛圍內,歪扭成一種十分繁雜的樣子。爲了快樂或不幸底回憶罷，這操勞而苦命的女人時時掩面啜泣著。唐倩則時而陪著哭、時而哄勸著。

爲了要證明自己是個賢淑的妻子，唐倩也直到訂婚的那夜，才答應委身於他。那夜，喬治・H.D. 周是充滿感情底。他訴說著他流浪的身世；他孤單的生命，誓言要用眞誠的愛情侍奉伊於終生。這些款款的話，使本性良善的唐倩第一次因爲被幸福所充滿的感覺而至於哭泣起來。可是那夜的性，對於唐倩，竟也成了一種新的經歷。伊發覺喬治・H.D. 周，也許由於他是工程的技術者底緣故，是一個極端的性的技術主義者。他專注於性，一如他專注於一些技術問題一般。他的做法彷彿在一心一意地開動一架機器。唐倩覺得自己被一隻技術性的手和銳利的觀察的眼，做著某種操作或試驗。因此，即使在那麼柔和，那麼暗淡的燈光裡，唐倩由於那種自己無法抑制的純機器的反應，覺到一種屈辱和憤怒所錯綜的羞恥感。然而，不久唐倩也就發現了：知識分子的性生活裡的那種令人恐怖和焦燥不安的非人化的性質，無不是由於深在於他們的心靈中的某一種無能和去勢的懼怖感所產生的。胖子老莫是這樣；羅大頭是這樣；而喬治・H.D. 周更是這樣。

但不論如何，狡慧而善良的唐倩，終於成功地成爲喬治・H.D. 周先生的美眷，在那年的九月，離開了國門，到達那個偉大的新世界去了。第二年春天，消息傳來，說唐倩竟毅然地離開了可憐的喬治，嫁給一個在一家巨大的軍火公司主持高級研究機構的物理學博士。事實很明白：唐倩一直就把喬治當做達到目標的手段，何況回到美國以後的喬治，淹沒在一個龐大的公司裡的職員系統中，便很不若其在臺灣時那麼樣的神氣了。至於唐倩在那個新天地裡的生活，實在是快樂得超過了伊的想像。而伊的苦命的母親，也因爲女兒不間斷的接濟，逐漸地寬裕起來了。我們的小小的讀書界，則似乎除了若干熟知掌故的人還偶爾談論著伊，便早已把伊給遺忘了。事實上，在胖子老莫沒落了，以及羅大頭的悲劇性的死亡以後，這小小的讀書界，也就寥落得不堪，乏善可陳了。這期間自然間或也不是沒有幾個人曾企圖仿效莫、羅二公，故作狷狂之言，也終於因爲連他們的才情都沒有的緣故，便一直沒弄出什麼新名堂，鼓動出什麼新風氣來。而且最近正傳說他們竟霉氣得被一些人指斥爲奸細，爲萬惡不赦的共產黨，其零落廢頹的慘苦之境，實在是很可以想見的了。

附記：本文係虛構故事，倘有與某人之事跡雷同者，則純係偶合，作者概不負責。又：文中所引里爾克的詩係李魁賢譯文，載《笠》詩刊第十三期。

一九六七年一月《文學季刊》第二期

第一件差事

學校一畢業，我就調到這個小鎭上來，到現在已經快一年了。今天早上，佳賓旅社的少老板沒有敲門就闖到我的臥室裡。我的新婚的妻子吱的尖叫起來，忙著抓被子蓋在身上。這使我十分生氣了。少老板的臉色驚恐，慌忙退到客廳裡。我穿上長褲，走出臥室，順便把臥室的門帶上。妻已經在裡面罵起來了：

「冒失鬼，死人！」

我也因爲十分生氣，所以也知道自己的臉上一定不甚好看罷。

「對不起對不起，」少老板一手護著心，哭喪著他的小小的臉說：「對不起對不起。」

「你這是幹什麼，啊？」

「實在是這樣的。……」少老板說。

「死人，冒失鬼，死人！」妻在裡面說。

少老板用一種極其無告的眼色看著我。他說：

「對不起，杜先生。我太慌張了。我們旅社死了一個客人。」

「一個客人死了？」

「哎，死了一個客人。」少老板說：「你一定要來看看。」

我吩咐他保持現場，他便走了。雖然不太應該，我開始覺得有些興奮起來，怎麼擺平它都不成。我走進臥室，在衣架上取下新發下來的凡力丁制服。妻捶著床舖，嚷著說：

「那個冒失鬼，你一定要把他逮起來！」

伊的微微發紅的頭髮散落在枕頭上。我走過去親熱伊。伊還說：

「那個死人！」

「他們旅社裡死了一個客人。」我說。

妻突然又吱的尖叫起來，把我推得遠遠的。妻瞠著伊的不大的，卻因睡得飽足而發亮的眼睛看著我。

「你是警察的妻子，」我微笑著說：「這是我的第一件差事。」

「噉。」妻說。

我彎著身體對著鏡子，看看是否需要刮刮鬍子。我看見妻低著頭抓著散亂的頭髮，伊說：

「噉，嚇死人。」

我老是沒忘記在學校的時候尉教官講的一句話：偵辦案件是一種藝術、一種哲學、一種心理學、一種方法學……。我立意要做一個好的警察，這些，妻是不懂的。

「這是我的第一件差事。」我說。

制服是新挺挺的，可惜帽子卻是舊的。現在妻躺在床上，架起眼鏡讀著小說。

「早點回來，」伊說：「嚇死人。」

「哎，偵辦案件，是一種哲學，一種……。」

我說。可是這些，妻自然是不懂的。

縣裡的上級來到的時候，大約是下午六時左右。我把一切資料都弄好，呈給上級。上級說：「很好，很好。」

「這是我的第一件差事。」我謙恭地說。

上級又說很好。他開始讀著我提供的簡單資料。

「胡心保，三十四歲。」上級說，很職業性地舒一口氣。

「是的。」

「一定有什麼原因。」上級說。

「職業很好……，跑這麼遠來找死！」

「是的。我想一定有什麼原因。」

上級說，他把資料攤在桌上，站了起來。現場的房間裡雖然點著日光燈，總是還有些幽幽的感覺。胡心保那個死了的男人仰睡著，口沫從左邊流下來，把睡衣的領子和枕頭都弄溼了。李法醫掀開被子，在死人身上的這邊那邊摸弄著。上級啣了一支菸，我趕忙給點上火。

那個死了的男人終於給脫得一身精光。他是很好的一條漢子。大概是生活寬裕的緣故，才三十出頭，便在他的乳黃色的肚皮下面積蓄了一層很匍匐的脂肪。然而卻依舊看得出他從前定必是個筋骨結實的傢伙。他的臉看來彷佛有些羞澀的樣子，低垂著重厚的眼瞼，弄得我怎麼也不敢正眼去看他的似乎很纍纍的男性。上級抽著菸，輕輕地、簡捷地咳嗽起來。他說：

「跑到這裡來住幾天了？」

「三天了。」我說。我實在深怕叫上級看見我這樣被那個死屍的似乎羞恥著的表情給弄得很不安定的未熟練的心情。好在上級只是注視著那一具白色的屍體，細聲說：

「很好。」

李法醫沒給那死了的人穿上衣裳，就給蓋上被子。那個樣子在恍惚之間，就彷彿那死了的人只不過是睡著罷了。我學會了光著身子睡覺，是婚後的事。所以這個光景忽然使我有一種很是異樣的感覺。李法醫脫掉膠手套，拿起床邊的小小的青紫色的藥瓶，在日光燈下來復地照著。上級說：

「自殺的？」

「沒有他殺的痕跡。」法醫說。

「很好。」上級轉過來對我說：「一定有什麼原因。」

「一定有什麼原因。是的。」我立刻說。

「你說，這是你第一件差事？」

「是的。」

「那麼，」上級說：「那麼很重要的。」

「我要努力學習。」我肅然地說，遞給上級一支菸。上級說不要了。我把菸遞給法醫，他說謝謝。我爲他點上火。上級把我的資料拿起來左翻右翻。

「這些人是你的線索。」上級說。

「是的。這三天裡，他們曾經跟他談過話，有了各種不同的關係。」我說：「這裡的少老板；一個體育教員，此外，就是一個叫林碧珍的女人。」

「交給你去辦了。」上級說。

「我一定盡力，一定盡力。」

上級伸出手握住我的。我感覺到他的溫柔的握力，心裡十分地受了感動。上級坐上他們的紅色吉甫車，在蒼茫的暮色中開走了。上級在車上揚揚手，我在佳賓旅社的走廊下立正敬禮。許多人圍在路上，一個膽子比較大的農人問：

「杜先生，出了什麼事？」

「什麼事？命案啦。」我說。

「命案呀，」農人說：「什麼命案子？」

「少嚕囌。不怕他跟你回家去?」

農夫連忙在地上吐口水。他說：

「跟我回家?去他的，去他的!」

人們嘩嘩地笑起來，爲我讓出一條路。天上開始不經意地點上稀稀落落的早星。

我忽然有一點惦著家裡的女人了。然而這是我第一件差事，是很重要的。我對他們說：

「回家去吧，沒什麼熱鬧的，都回家去!」

1

第二天早上，我特地爲胡心保的案子立了一個專門案卷。協助我的周警員說：

「昨天晚上，同林里長弄到十一點才完事。他太太眞漂亮。」

「誰的太太眞漂亮?」我說。

「那死人的。快九點半，他們才到，連夜運回去。」周警員說。他把一支菸啣在他的肥厚的嘴唇上。他說：

「他有什麼事想不開？」

我弄好卷宗，夾在脇下。我說：

「我到佳賓旅社去一趟。」

周警員機械地站起來，戴上帽子。我連忙說：

「我一個人去得了。」

周警員又機械地坐下來，脫下帽子，擺在桌上的右上角，用心地擺好。他漫不經心地說：

「什麼事想不開？那麼好看的老婆。」

外面是個大好天，一晴如洗。

佳賓的少老板劉瑞昌依舊哭喪著臉。但是他還會忙不迭地說：

「杜先生您來。請坐請坐。」

「不客氣。」我說：「又打擾你，請你幫忙。」

他們的房間只用三夾板隔開的，倒是剛又刷新過的樣子。靠床的那面牆上，貼著一張陳舊的外國裸女畫。

劉瑞昌掏出一支香菸給我，又為我點火。他的瘦巴巴的手抖得厲害，使我禁不住笑了起來，竟把他的火給吹熄了。他重新劃過一支火來，手依然抖個不住。

「劉先生，沒事兒，你寬些心罷。」我說。

「叫我怎麼寬心，」他說著，便勉爲其難地笑了起來，然而怎麼也笑不掉他一臉上的喪氣。

「有個人揀到我們這兒來死，你說，霉氣透了。」他艾艾地說：「這下生意都給壞了。」

劉瑞昌這個人似乎在一夜之間瘦了許多。他的臉因此顯得有些彎曲，像隔夜給露水泡過了的燒餅。我打開卷宗，把半截菸擠死在菸灰盤子裡。

「你又不是沒有看過報，」我說：「人家的旅社裡給扔了手榴彈，打巴拉松，把人割成一截截的。生意還不照做？」

他用細小灰暗的眼睛望著我，細心地說：

「哦唷，哦唷。」

「現在，少老板，」我說：「你再說說，他怎麼來，怎麼住……。」

劉瑞昌把身體坐直起來，兩隻手互相握著。他看看我，努力地微笑了起來。他討好地說：

「我昨天統統說了：他那天下午上我這兒來住。——我得從那兒說起呢？」

我開始有一點生氣了。我翻著卷宗，說：

「他是十六號那天來的。大概下午四點鐘左右。」

「是是。」他十分認眞地說。

「你說他來了，要房間，他看了幾間，都不甚滿意。」

「是是。後來他就說：你們這兒房間都不好。這樣。」

「嗯。」我說。

「後來我給他開那一間。那間的床是新的。但他並不認爲很好。他走向窗子，打開它。他站在那兒看水渠上的小水泥橋。他說那橋很好看。」

「好。」

劉瑞昌欠過身來，伸著脖子說：

「你說什麼？」

「不，你說下去。」我說。

「他說那橋很好看，他要那間房。他開始脫下外衣，解開領帶。我就想離開。我向他要身分證登記。他問我這裡叫什麼地方。我就告訴他這裡叫什麼地方。我看他的身分證，我說你老遠跑來的呀。他說是。我說出差來的吧，他說不是。他說是來散散心。」

「嗯，嗯。」

「我心裡想人家是到處旅行玩的，」他說，一層薄薄的悲慼感罩著他的彎彎的腰。他說：「旅行旅行，到處走走，我說。他打開衣櫃，把衣褲吊起來。然後他瞧著衣櫃裡的鏡子，用右手搓著自己的臉。這個我們不管它，他說：想睡會兒。他就關門睡覺了。」

我們都沉默起來。劉瑞昌看著自己的穿著塑膠拖板的瘦腳丫子。我忽然想到那死人的一雙弓著的大腳板來：白的發青的顏色，香港腳像秋霜似的圈著腳底的肉。劉瑞昌忽然說：

「原先開雜貨舖子，日子也過得馬馬虎虎。要不改成旅社，就沒這個霉氣事。」

牆上的外國女人笑得很俏皮，但確乎有點邪門兒。我忽然發現板牆上頭很隱秘地挖了幾個窺視的小洞，而且每個小洞都被紙捲兒給塞住了。我從不知道有這樣的惡作劇，就止不住也惡作劇地笑起來。

「是眞的，」劉瑞昌說：「這個小鄉下，旅館眞是沒什麼弄頭。有時候一兩天都空著，一點進帳沒有。眞的。」

「哎，你寬寬心罷。」我說。

「我們世代都是守法的良民。」他頽喪地說：「不圖什麼飛黃騰達，也不去碰這種霉氣的事情。你看。」

他的灰暗的眼色因著煩惱而愈發灰暗了。我有些嫌惡起來。我說：

「曾有一個女人來找他？」

「那是最後一天晚上，」他低聲說：「杜先生，伊指名道姓地說來找胡先生的，絕對是外頭來的。我沒有叫女人給他，我發誓。」

「去你的。」我說。

「是是。」他說。

「他對你說：人活著幹嘛……不是，他對你說：人爲什麼……。他是怎麼說的？」

「是這樣。」他又努力地坐直了身子。他確是個膽小的良民。他說：「但那女的確實是自己來找他的。」

「好。你少嘮叨。懂得罷？」我說：「我曉得你是好人，我怎麼不曉得？你老大種田，你弟弟上城裡做工。安份守己，很好。我怎麼不曉得。」

「是是，」他低聲說。

「下次不要替客人叫女人就好了。我來了結那死人的案，我問你什麼，你儘管說。你說：他怎麼說的？」

劉瑞昌俯著上半身聽著，連連點著頭。

「是這樣，」他謙遜地說：「那時候，他說你這兒生意好罷。我回頭看見他睡在床上，背對著我。我說小鄉下，怎麼會好。哦，他說：那你怎麼辦？那我怎麼辦，我說：還不是這樣一天過一天。他說：一天過一天，我都過得心慌了，他說。我心裡好笑，就笑了。他翻過身來看我，那樣子也沒什麼特別，只是他的兩道眉毛好濃，對罷？」

「嗯。」我說。

「我跟他說：你年輕有爲，賺的是大錢，沒有事到處旅行旅行，日子還不好過？他笑了起來，就是那麼淡淡地笑著。他嘆氣說：哎，年輕有爲，可是忽然找不到路走了。他又淡淡地笑。」

「他說找不到什麼了？」我說。

「他說，他找不到路走了。他笑著這樣說，笑得叫人好放心，你不知道。然後他忽然坐起來，交架著他那兩條瘦長的腿。他說：你們這裡的床一定有臭蟲。我說：笑話笑話，尤其你這張床是新的。他又淡淡地笑，用左手摸著沙發床。他說：其實有沒有臭蟲，都沒關係。他開始用右手在他背上抓癢，把寬闊的胸脯挺起來，像一隻鴿子。」

他說著，把他自己的窄小的胸也挺了出來，因此在胸前的口袋裡摸出長方型的金馬牌香菸盒兒。這樣，他看起來又瘦又小，而且滑稽得有點討厭。我說：

「那句話他是怎麼說的？……人活著……怎麼說的？」

「他是這樣說的，」劉瑞昌說：「他說有沒有臭蟲都沒關係。——你聽我從頭說，你就知道啊，誰會曉得他是尋死來的人？」

現在我開始有些心煩起來。他講話就是這樣沒有要點。此外，我眞想抽支菸，卻不幸自己忘了帶在身上。我無奈地說：

「嗯嗯。」

現在他又佝僂著他的身子深深地坐進他的椅子裡。窗外的陽光輻射在他右側的身上，叫他看來又戒懼又灰暗。

「有沒有臭蟲都沒關係，他說。他就是那麼樣一會兒用右手一會兒用左手去抓背上的癢。」他嗎嗎地說了：「有關係的是，他說，昨天我還在拼命趕路，今天你卻一下子看不見前面的東西，彷彿誰用橡皮什麼的把一切都給抹掉了。他還是淡淡地笑，笑得你一點都不擔心；一點兒都不。杜先生，這是眞的。我這人什麼都沒用。但察顏觀色，我是會一點的。」

現在我眞想抽支菸。劉瑞昌這個傻瓜蛋還說他會察顏觀色。我笑了起來。劉瑞昌用他那種單薄的、發愁的聲音繼續說：

「他就是那麼淡淡地笑。──哈哈──這樣子。他現在不去抓背上的癢了。他走到那扇窗前，默默地站著。我曉得他在看那座水泥橋。橋的兩頭都有燈，他說。我說這頭的燈早壞了，不亮。那頭的，一到入夜，就照得通亮通亮。」

我開始佯做在口袋裡摸菸的樣子。但是劉瑞昌卻自顧自說著：

「他舉起兩隻手攀著窗櫺。他是個很高大的傢伙，對不對？」

「對。」我乏力地說。

現在他看見我摸口袋找菸抽的樣子。他遞給我一支，又爲我點上火。

「眞高大，一看就是北方人的身架。他的身分證上說他在一個洋行裡當經理。年輕。你瞧，誰都算不出他是尋死來的。」

「總是有原因的。」我因爲香菸的緣故一下子舒暢起來了。我說：「爲事業，爲愛情，爲金錢，總得有一樣。你還是說他那句話怎麼說的罷。」

「你看罷。」他說：「他就站在窗邊兒，高舉著兩手攀住窗櫺……。」

「你昨天告訴我他說了句什麼話。」我惱火起來了。我說：「你先說他怎麼講的。我們總得找出一點他尋死的動機對不對？」

「是是。」他說：「他站在窗邊，他說了：人活著，眞絕。他說的。」

「人活著，眞絕？」我說。

「人活著眞絕。他說的。」

「你昨天不是這麼說的？」

「我還能怎麼說？」

他說。這個灰暗的膽小的傢伙生氣起來了。

「我還能怎麼說？」他悒悒地說：「我談起這些，使我覺得彷彿他還活著。他太不應該，爲什麼找到我這地方來尋死？」

劉瑞昌顯然激動起來了。他一定被這種事給嚇壞了，我想。

「好罷。」我乏力地說：「人活著眞絕——怎麼個絕法兒。」

「是呀，怎麼個絕法？我問他。他說：那個橋兩頭點著燈。我說只有那頭的燈亮，這邊的壞了。它看來太像我記得的一座，只是沒有兩頭點燈，也這樣地弓著橋背，像貓一樣。他說。他在茶几上拿起一包菸，給我一支。好漂亮的盒子。是美國菸，我眞樂呵。他悶悶地抽了一陣。那時我才十八歲，他說。他又那麼淡淡地笑起來。大夥兒連日連夜橫走了三個省份，他說：有個晚上，沒月亮，卻是滿天星星，像撒了一地黃豆。前頭說：今晚大家可以睡睡；一夥兒便一個個躺下來。我於是在星光下看見一座橋，像它那樣弓著橋背；那時候有個十四歲的小男孩一路跟著我，我對他說咱們到橋下睡，夜裡也少些露水；他說好。但他兩腳一輭，就癱在地上；我拉拉他，才知道他死了。說到這裡，他又笑了，就是那樣。他說：當天大家全睡了，只有我一個人終夜沒睡，我一直看那座橋的影子，它只是靜靜地弓著。他說。」

我開始感覺到我只是在跟劉瑞昌這個傻瓜浪費時間罷了。

「這件案子是我第一件差事，」我鄭重地說：「我得做好它。這是很重要的……。」

「哦哦。」他說：「所以我願意詳細向您報告呀！他說第二天去瞧瞧那座橋。我一出了他的房間，他就熄燈睡覺了。」

「那麼算了。」我困惑地說：「可是我仍然記得你告訴我他說了一句什麼話。」

「第二天大早他就出去了。我看見他朝著水渠的小橋走去。那天他直到夜晚才回來。」他說。他站了起來，打開窗子。天氣開始有些燠熱起來。在窗邊的日光中，他看起來極其憔悴。他爲自己點了一支菸，他的手指好猥瑣地發抖著。

「杜先生，」他說：「第二天他回到旅社來，說他在小學運動場上打了半天的球。」他還是那麼無表情地笑，「你一點也不會擔心他，杜先生。」

劉瑞昌望著窗外。不十分乾淨的雲朵兒均勻地拓滿了整個天空。我忽而想起家裡的女人早上買了一條兩個手掌寬的白鯧魚。伊會在魚的身上擺上兩片斜切的殷紅色的辣椒，端在飯桌上。

「杜先生，」他依然看著窗外。他說：「杜先生。然後他向我要水洗澡。他打了半天的球了。我對他說你就是喜歡運動，怪不得你身體棒。他笑笑，就是那樣。然後他說：人爲什麼能一天天過，卻明明不知道活著幹嘛？」

「就是這句話！」我大聲說：「人爲什麼……你說說看：人爲什麼——」

劉瑞昌這個少老板猛地喫了一驚。他愼愼地說：

「人爲什麼能一天天過，卻不曉得幹嘛活著。大概是這樣。」他說。

「……人爲什麼能一天天過……。」我沉吟著說。

「大概是這樣。」他說。

我開始很困乏起來。胡心保那個死了的漂亮的男人，原來大約並沒有什麼太大的道理罷。我想起他的似乎有些羞恥的死屍的表情；想起厚厚地緊閉著的他的眼瞼來。很偉岸的一個身體，一點兒也沒有饑餓、敗落、憔悴的意思的形貌。然而這卻是我的第一件差事。

「現在，」我說：「現在告訴我第三天的情形。你說他去理了髮。對罷？」

「對的。」他憂悒地說：「第三天一大早就下雨。你記得。」

「嗯。」

「一大早就下著雨。他醒來的時候，到櫃台來取報紙。那時已快十一點了。早上下過雨啦？他狀似愉快地說。然後他站在台邊翻報紙。我請他在椅子上坐著看，他笑著說不必了。他了了草草地就翻完了報紙。——報紙沒什麼看的，你曉得，總是說美國的飛機去轟炸的事，每天每天——。他把報紙還給我。好久沒這麼熟睡過了，他說，摸摸他的長滿了鬍渣渣的下巴。下午出去看看你們的街——『你們的街』，他說。我問起昨天他去看那座水泥橋的事。那時我才十八歲，他落寞地說：嘖嘖！他說，才十八歲。你現在也年輕呀，我說：氣色好，身體棒。他朝我那麼淡淡地笑了一下。又過了一個十八歲，他說：想起一些過往的事，眞叫人開心。」

「眞叫人開心？」我說。

「他說的：眞叫人開心。」劉瑞昌慢吞吞地搖著他的小小的、發暗的頭。

「杜先生，」他說：「他就是那樣。你一點都不會去擔心他。你該爲我美言美言。誰也料不到他。他那麼處心積慮地尋死來的，你便什麼辦法兒也沒有，杜先生。」

「嗯。」我說：「然後他去理了髮。」

「是是。」他說：「他漱洗，吃午飯，然後出去。約莫八點鐘的時候，有個女人來。有沒有一個胡心保先生住你們這兒？伊說。我說有哇。我是他朋友，女的說。我說，哦，可是他現在不在，出去了。我去他房裡休息，女的說。他看我不放心，笑著說，你把我反鎖起來不就得了？我也笑了，就讓女的進去。他回來的時候，我看見他新理的頭。我說你理髮了，他沒做聲，只抓抓他的新頭。我說有一位小姐在房間裡等著他，他便匆匆地走了進去。」

就是這樣，我想。然後那天晚上他就死了。

「女人是夜裡三點多鐘走的。我還爬起來開門。他送到門口。我朝他笑，他也笑，笑得有些羞澀。你看罷，杜先生。」

「然後他就死了。」我說著，站了起來。

「杜先生你要爲我美言美言。」他懊喪地說：「你得爲我美言美言，杜先生。他用過的一床被，他的房錢，我都損失定了。」

我在卷宗裡拿出一個信封袋給他。

「他留給你的房錢，」我說：「他留下的。」

他怔怔的望著信封袋。上面寫著『佳賓旅社』，封口是開著的。我開始很惦念著一定有一條兩個手掌寬的白鯧魚的午餐了。

「這事不干你，老板。」我說：「我不是說了嗎？在旅館裡分了屍，殺了人，爆了手榴彈……，都不影響生意的。」

劉瑞昌怔怔地站著。我戴上帽子。夏季的新帽下半個月就要發了。

「他彷彿就還呆在那房間裡。」他低聲說：「人本來就是賴著過日，死賴著。」

「這是他說的嗎？」我說。

他瞠著灰暗的眼睛，望著我。他說：

「是我說的，」他憨憨地笑皺了他的灰闇的小臉：「我已賴了半輩子了。好死不如賴活。」

「好死不如賴活。」我說。我有一種下了班的愉快的感覺。劉瑞昌數著鈔票。他不住地低聲說：

「好死不如賴活……。」

於是我便走了。劉瑞昌在後面一點也不熱心、念咒似地說要我吃了午飯走，等等。天氣依舊悶熱得不堪，所以肚子就分外地餓起來了。

2

那個小學的體育老師叫儲亦龍，四十二歲，北方人。

下午三點鐘的時候，我掛了個電話到學校去。

「……這是我的第一件差事，」我在電話裡說：「您是安全方面的老先進，我要向您好好學習。」

他的遙遠的聲音呵呵地笑了起來。別客氣，別客氣，他說：那我就在這邊候駕啦。

儲亦龍先生坐在體育室裡等我。他長得精壯，卻並不高大。我敬他香菸，他替我倒茶。外邊的教室傳來朗朗的讀書聲。

「那天早上我在操場上打球。」他說，望著窗外。窗外就是半舊的藍球場。一個矮小的女老師帶一羣低年級的學生懶洋洋地做體操。他們左右地晃著小手，彷彿想甩去一身黏黏的陽光。

「我看見他從後面稻田裡走來。然後他就站在那兒，那一排矮籬笆外面。」他說：「然後他從後門走進來，站在球場旁邊的樹底下。」

球場旁邊有一棵苦苓樹，瘦楞楞地站著。

「我們誰也沒找誰講話。我打我的，他看他的。」他說：「我投了個好球，他就笑。呃，我心裡說：這個人也懂得打球。你找那一位呀，我邊打邊說。散散步，他說：我打橋那邊兒來的。」

「那座橋兩頭兒有燈，一邊的燈壞了，一邊的還亮。」我說。

「對了，」他說。「我說：下來打兩個球罷。早就不打了，他說。然而他已經脫下外衣，走下場子裡。我傳給他一個球，他一接，一個反身上籃。球沒進。可是啊，同志，那個姿勢眞漂亮，眞漂亮。」

我一向是個體育的劣等生。然而我卻讚歎地說：

「哦哦。」

「我們倆就在場子上鬥起牛來了。」他說，然後他把聲音壓得低低的：「我老實告訴你罷，同志。他球打得眞是不錯。我們一直玩到人家要在場子上上課。他要走，我沒讓他走。我請他到福利社喫冰。然後我們就在這裡坐，像現在這樣。不過我坐你那兒，他坐我這邊。」

然後他笑起來。他的黝黑的臉分不清是因爲油光或汗水而發亮著。所有弄體育的都是這副模樣兒。窗外邊的矮籬上，牽牛花兒開著，到處綴著紅的、紫的小銅鈴般的花朵。

「這我們就聊起來啦。」他說：「我跟他說：你的球打的眞好。他笑了，似乎有些羞澀的樣子。早就不打了，他說：打打球，眞好。我走過去打開電風扇，讓它在我們之間來回地吹。打打球，最解悶了，我說。」

「是的。」我附和說：「最解悶兒不過了。」

「一上球場，你什麼都給忘了。」他怡然地說：「兩年前我兒子死了，我才又猛打起來。」

「噢。」我敬畏地說。

「老實告訴你罷，同志。」他迫切地說：「我那個兒子，眞好。我今天老實告訴你：他眞是好孩子。」

「是的是的。」我憂悒地說。

「書念的好，規規矩矩，又知道輕重。」他說著，卻一點兒也看不見愴然的顏色。他接著說：「想想我在他那個年紀，哼！不知享了多少福。我今天老實告訴你：我二十歲當了鄉長；二十歲。出門的時候騎著白馬，前後都跟著兵；前面一個班，後面一個班。這不是吹牛的，同志啊。」

「是的。」我謙遜地說。

「要什麼有什麼。」他笑起來：「要什麼有什麼。後來我到上海來讀書，才玩上體育。開始我是玩足球的。全中國的球隊比賽。眞夠味。」

「是的。」我笑著地說。

「還有。——你去翻翻當時的舊報紙罷。」他說：「那時全上海比賽跳舞。我是探戈的第一名。」

他呵呵地笑起來。然後他說：

「可是我那兒子呢？帶他來的時候，他只三歲。然後他跟我過了一小輩子苦哈哈的日子。風水流轉，我的日子早過去了。兩年前他被車子給撞死了。我心頭眞悶，就打起球來。一上球場，你把什麼都給忘了。」

他爲我篩上茶。我又敬他一支菸。我說：

「您請節哀罷。」

「噢，沒什麼。」他說，兩隻手互相搓撫著兩支黃銅色的胳臂：「我沒有爲兒子淌過一滴淚水。」他微笑說：「你猜他怎麼樣說？」

我捉摸了半天，說：

「誰怎麼說？」

「就是那個人。我也同他談起我那兒子。你猜他怎麼說？他說：活著也未必比死了好過；死了也未比活著幸福。這話我很受用。我在想：我沒有爲我那兒子淌過一滴眼淚，大概也就是一直這麼想的罷。」

「過去了的事，」我說：「少去想它罷。」

「他跟你不一樣。」他又呵呵地笑起來了：「他怎麼說的，你猜猜。他說，想起過去的事，眞叫人開心。」

「噢。」我說。

「你不曉得的，同志。」他喝了一口茶，小心不去喝那麼些漂浮的茶葉，他說：「你不曉得。你還年輕，太年輕了。」

「是的。」我抓著頭皮說。

「我今天老實告訴你罷。」他愼重地說：「今天，我們都不能提啦。我不說我自己，說他好了。他告訴我他家開的是錢莊。早上從前門進他家，等到你從後門摸出來，太陽已經落啦。你信嗎？——我是信的。」

他眈眈地注視著我，輕輕地點著頭。我連忙說：

「我也信。」

「後來他同他的同學，整個學校往南邊跑。他告訴我的。他家三代就只傳他那麼一個男丁。十多歲了還被抱在膝上餵飯吃。他說的。但老子臨走的時候，在腰帶上爲他串了沉甸甸的金子，他說的。還有一條上好的蒙古毯子。可是他們沿路趕程，也就沿路摔東西。有一天晚上，他把腰帶鬆下來，往河裡一抽，一串黃澄澄的金子就沉到河底去了。──這都是眞的。」

「噉噉。」我惋惜地說。

「然後他告訴我怎麼打起球來的。」他說：「他到臺灣來了，一夥兒等著編隊。那時候環境不好，他說：差不多每天都有同學病倒的，死掉的。我在廣州的時候，他說：親戚給了我幾個銀元。一半買了香蕉吃掉，另外的就是買球玩。沒日沒夜的打，他說：這樣，也便忘了想升學的念頭，也把這條命給打出了死亡。他邊說邊笑。想起這些過去的事，眞開心，我們說。」

儲亦龍先生把菸屁股往窗外丟。窗外還是滯滯的雲，欲雨不雨的樣子。球場邊的苦苓樹，孤獨地在空漠中做徒然的伸展的姿勢。

「他跟我說：你那兒子，苦雖然苦，也有你這老子給背著，安安穩穩的讀了幾年好書。這話是對的。那時我想：儲家總算出了一個像樣的子孫。我荒唐了半生，這下半生作牛作馬都要供這個兒子愛讀什麼書讀什麼書；愛上那裡去那裡。──說起我的荒唐，是說不完的。」他又復呵呵地笑起來了。他接著說：「一半是環境，一半是時代。這也是他說的。風水流轉，他說：所以你享受的，就輪不著你兒子。──也輪不到我。他說。那時我才是個出十九歲的小伙子，他說：心裡不住地盤算：家人寶寶貝貝地送我出來，我又歷盡浩劫而不死，莫非有什麼意義罷。他說。然後小伙子拼命地讀書、拼命地參加各種考試。然而又怎樣呢？他說：我於今也小有地位，也結了婚，也養了個女兒。然而又怎樣呢？他說著，便恁意地惡笑起來。」

「這個人有點死心眼是不是？」我說

他有一絲絲嫌惡地看了我一眼，旋即一個人微笑起來，使我心悸。

「也許是罷。」他說：「他說於今他忽然不曉得怎麼過來的，又將怎麼過下去。這好有一比，他對我說：好比你在航海，已非一日。但是忽然間羅盤停了，航路地圖模糊了，電訊斷絕了，海風也不吹了。他說得眞絕，是不是？」

「嗯，眞絕。」我困惑地說。

「我曾經一心爲我那兒子努力地生活過，我跟你說實在話。至於這以前，那段享福的日子，我是從來不問這些的。我曾專心一志地對付那些共產黨。我今天跟你說實在話。我混在他們裡面，跟他們面對面，肩膀挨肩膀。對於共產黨，我是不很客氣的。」他說著，兩隻烱然的眼在他的黝黑的臉孔上閃爍著。他說：

「大凡逮到共產黨，就是活埋。——我今天跟你說很實在的話，同志。我曾專心一意地同他們作對。有意思呵，我告訴你。在我手下埋掉的，大約不下於六百七百罷。」

他於是變得很躍躍然起來了，令人想見當年凌厲幹練的氣魄。

「功在國族，眞是功在國族。」我肅然地輕喟著說。

「都是當年的舊事了。」他悵然地說：「我兒子落土的時候，叫我沒頭沒腦地想起了那些土匪。我對我自己說，我這半生，什麼事也不問啦。然而，同志，你請注意：我同他是截然不同的。兒子落土那天，我發願不再凌虐自己了。三餐有的吃，睡有個舖兒，我便不再指望什麼了。我是怎麼也不凌虐自己的。像他那樣。」

「他太死心眼了。」我批評地說。他迅速地瞅了我一眼。在他的眼色中，似乎有一種無法了解的不屑，使我不安。然而他寬恕似地又笑了起來。

「死心眼，不錯的。」他說：「然而他於今死了，又如何呢？昨天早晨，我聽說他死了，使我沉思了半天。我很實在的告訴你罷，同志，他的心情，我是全了解的。我告訴他我那兒子。我一直爲那兒子快快樂樂的過日子；爲他弄錢，爲他自己穿舊的。他一邊聽，一邊在場子上蹦蹦地拍著球兒。然後他聚精會神地瞄準了籃圈兒，一個長投，『唰！』進了。球從籃圈裡墜下，在地上蹦蹦地跳。他瞧著籃球架，說：我有老婆，也有兩個小孩。我一回到家，大女孩總是抱著我的右腿。他邊說著邊看自己的右腿。可是怎樣呢？他說：儘管妻兒的笑語盈耳，我的心卻肅靜得很，只聽見過去的人和事物，在裡邊兒嘩嘩地流著。他說。

「這眞糟，」我說：「倘若一個人只是刻意地追索一件事，久了，他一定會瘋掉的。——是人家心理學上這樣說的。」

「然而我就不是這樣的。」他說：「我那兒子死了以後——唉唉，你眞不曉得他，爭氣，要好，規矩。有那一點像我咧？我那兒子死了以後，我只想著一樣事：現在，我對自己說，爲我這個兒子，我忘了過去的氣派，忘了過去的女人：一個在青島，一個在上海。我統統忘了，只剩下我那兒子。然後，他死了，我什麼也沒有，是不是？我什麼也不剩了。」

「什麼都不剩了嗎？」

「什麼也不剩了。」他說。然後他呷了一口茶，細心地嚥了下去。他說：「然而我不是這樣的。我就是不去凌虐自己，像他那樣。我也不希望你像我這樣，他對我說。我在籃底下上籃，球總是不進。他就站在那兒，把兩個胳臂抱在胸前。他說，就算我們都從今天開始數日子挨，我得比你挨長一段，他說著，很和善地笑起來了。聊閑天兒，請你不要介意。他說：我怎麼會介意。我今天很老實地告訴你，同志。從我當小伙子，我就喜歡耍猛鬥狠那一套，喫喝玩樂那一套。所以一旦走絕了，就認了。你說他死心眼，或者不錯的。爲什麼？因爲他的路走絕了，尙且並不甘心。然而我是不會去淩虐自己的，像他那樣。」

「人就是不能死心眼，對罷？」我說。

「對的。」他肅穆地說：「然而有些事是你不了解的。在我們，經歷了多少變化過來的，你不知道。一些人離散了；產業地契一夜裡頭變成廢紙。風水流轉，我說過：像黑夜裡放的煙花，怎麼熱鬧，終歸是一團漆黑。所以，路走絕了，就得認。而倘若還不認，還死心眼，就得跟他一樣。你說對罷？同志。」

我不甚了然地說：

「對的，對的。」

「可是你呢？」他說，炯炯地盯著我瞧：「你呢？」

「我嗎？」我惶惶地說，幾乎爲之色變了。

「你不一樣的。」他寬容地說：「完全不一樣的。你今年多大年紀？」

「二十五歲。」

「二十五歲。」他說。我抑止不住一種羞惡的感覺。我說：

「是的。」

「二十五歲，」他說：「換句話說：二十五個年頭裡，你在這裡長大，安安穩穩，沒兵沒災的。你的親戚朋友都在這裡或者那裡……。你就是這樣當然地過日子，好像一棵樹長著，它當然就長著。」

「像一棵樹嗎？」

他於是又呵呵地笑了。他說：

「這是他說的。那時候，我們不打球了，他走過去取下掛在那棵苦苓樹上的衣服。他跟我說，倘若人能夠像一棵樹那樣，就好了。我說，怎麼呢？樹從發芽的時候便長在泥土裡，往下扎根，往上抽芽。它就當然而然地長著了。有誰會比一棵樹快樂呢？」

「我想他算是個哲學家罷？」

「大概是罷。」他有些躊躇地說：「然而我們呢？他說：我們就像被剪除的樹枝，躺在地上。或者由於體內的水份未乾，或者因爲露水的緣故，也許還會若無其事地怒張著枝葉罷。然而北風一吹，太陽一照，終於都要枯萎的。他說的。」

我沒說話，卻一直在捉摸著我是不是一棵樹的這麼一個有哲學意義的問題。校園裡的鐘聲，不曉得是第幾次叮叮噹噹地響了起來。

「大凡路走絕了，就得認了。這樣，或許還有路走，也或許原就沒有路了。」他說：「然而倘若還不認了，就會像他那樣。就是那麼樣。」

我開始收拾卷宗。我說：

「是的。」

「所以，」他說：「同志，這個案子，在我看來，是極其簡單的。像他那樣的事，我看得太多了。」

「謝謝您，同志。」我說，謙虛地握住他的修長的、多骨節的手。我說：「你使我增長了許多見識，眞的。」

他的手握得極重，可以想見他曾是一個多麼幹練勇毅的戰士。他呵呵地笑起來。

「這是那裡話，」他說：「一切全過去了。你英年有爲，往後的，全看你們了。」

我在他的似乎有些嘲笑的眼色裡，止不住微微地戰慄起來。他說沒事可以常來閒聊天兒，我則說一定一定，便辭了出來。

傍晚的時分了。天空依然是滯重的、普遍的雲。然而水田裡青翠的水稻，在溫熱的晚風中櫛比地舞著。我抬頭遠望的時候，看見在機場後面的兩個乳房似的小山崗，在傍晚的煙靄中劃著十分溫柔的曲線。妻在仰臥的時候的乳房就是那樣：看來豐沃而且多產。有一棵樹俏皮地長在那個該是乳頭的地方，便使我一個人很是開心地笑了起來。那種開心，便彷彿聽了一支淫蕩的笑話似的。但是在次一個片刻裡，我忽然開始毫無結論地想起人是不是像一棵樹那樣活著的問題來了。

3

兩天來，上級協調了各個有關單位，陸陸續續地寄來關於神秘的林碧珍的初步資料。第四天，上面的電話來了，為我安排好一個會晤的地點。

「……你說過：這是你的第一件差事。」上級在電話裡的老遠的那邊說。

「是的是的。」

「這個女的，很大方，他×的。」他忽然笑了起來，似乎為了掩飾無意間在下級前面說溜了的那句咒語而笑得很不眞實。

「是的是的。」

「要表現出你的風度，你的修養，你的才幹呵！」

「是的是的。」

在北上的火車上，我反反覆覆地翻閱那些資料。

林碧珍，二十五歲，大學畢業，丹洛普臺灣化學公司化驗員。未婚。

車子轆轆地飛馳著。浴著秋的太陽的田野，彷佛在以某一個不能看見的地方做中心，在窗外慢慢地旋轉。我抽著香菸，忽然因爲我要同一個大學畢了業的女子晤談，而重又感到由於自己始終沒有考取過大學的——差不多已經陌生了的——悲哀。那時候，自己眞是用功得不得了的。故鄉的太陽又大又毒。但屋後的芒果樹下卻有一股颸颸不絕的風，自己便整天在那兒哇啦哇啦地背誦英語單字。

約談的地方，是一個叫做「火奴魯魯」的洋喫茶店。在二層樓上，可以從晶亮的落地窗看見馬路上熙攘得令人不可思議的街道。幾株室內植物這裡那裡地站在植盆上，和淺褐色的窗帘相映成一種令人只想喝茶談天的氣氛。因爲是中午時分罷，整個室內只有我這麼一個客人。櫃台的女孩聚精會神地讀著一本厚厚的小說。一個男孩子爲我端上咖啡的時候，一支音樂便開始慵懶地在室內流動起來。

第一次喝咖啡，是結婚以後的事。妻的朋友送了兩罐咖啡精。因爲據說它能提人精神，每天早上上班前便總要裝在一隻妻做爲嫁粧帶來的十分精緻的東洋杯子裡，喝上那麼一碗，也免得同事們說我婚後便精神萎靡啦等等——好像他們取笑過早我半年前結了婚的老李那樣。然則不料一喝就喜歡起來，所以不到一個月，就把兩罐褐色的粉末給泡著喝光了。喝光了以後，由於鄉下沒地方去買，便也一直都不喝了。

這樣地想著的時候，便聽見有人上樓的聲音。回頭一看，是這裡的耿組長帶著一個小姐上來了。我站了起來。

「你到得早。」耿組長笑著說。

我頓時因爲耿組長之穿著一身整齊的制服而難過起來；這樣，豈不是太像在押解一個人犯的麼？然而這位當然是林碧珍的女子卻一點兒也沒有爲難的樣子。

「這位是杜同志。」耿組長說。

「你好——要麻煩你了。」我說。

伊微笑著，以幾乎令人察覺不到的樣子點了點頭。「你們談談。」耿組長說，便走了。

我們差不多在同時坐了下來。音樂依然流動著。伊從手提包裡取出一包深藍色的香菸，啣在伊的梭形的唇上。我爲伊點上火。

「抽菸？」伊說。

「剛剛丟掉。」

我微笑著說。我們沉默地聽著音樂，它像一隻紙摺的飛機般漫然地飛翔在室內。伊說：「第二天下了班，我才曉得他竟死了。」

「你收到他的信嗎？」

伊搖搖頭。伊的頭髮帶著些微的赤褐色，光滑地披在伊的肩上。小男孩為伊端來咖啡。伊的臉色也是一種立著的梭形，即便是背著光，也可以看到伊的白皙的皮膚。

「我就住在他的隔壁——我們只隔著一個天井。但我們卻住在兩棟不同的公寓裡。他們家住四樓，我住三樓。」

伊開始俐落地加方糖塊，我這才曉得那一小瓷杯牛奶是供人加進咖啡裡的。

「我們還不認識的時候，常常在天井看見他早晨盥洗的樣子。他聚精會神地刮鬍子；他刷牙的時候總是弄得滿嘴都是白泡泡。」

伊叮叮噹噹地用小銀匙搖著杯子。伊一個人在回憶裡笑起來，彷彿一點兒也無視於我的存在那麼樣。伊的那一雙要是雙眼皮就會很好看的眼睛，溫柔地注視著杯子裡的乳褐色的小小的漩渦。

「那天早晨，因爲是我的例假，便一個人懶在床上。」伊說：「恍惚間聽見天井那邊有嚶嚶的哭聲。我一下子便認出是小華華的聲音了。他一向最鍾愛這個大女兒。」

伊的抽著菸的手短而豐腴，令我想起故鄉屋前老池塘裡釣上來的鯽魚。那鯽魚是黑色的，但伊的手卻白得像油菜梗。

「我披上晨衣，衝到天井去。小華華在他從來漱洗的地方嗚嗚地哭著。五樓的人望下看，三樓、二樓的人望上看，一個送牛奶的胖女人扶著腳踏車在天井底下把整個兒臉都望上翹著。三個警察走了出去。他們都沉默著，只有小華華一個人在哭。」

我迅速地摸出我的香菸，點了火。原是恐怕伊會堅持我抽伊的香菸的。然而伊卻似乎沒有那樣的意思。我把胡心保留下的一個小封袋交給伊，伊看著封袋上的字，小心地不去撕壞它。

「我在想你們何以會那麼迅速地找到我。這上面有我的住址。」

伊笑了起來；伊的梭形的唇裡面，有一排稍微參差的細細的牙齒。三枚連串的鑰匙從封袋的開口鏘然滑落。這使伊的笑臉慢慢地歛收起來。伊撫摸著那些鑰匙，至于有些淒然的樣子。我說：

「你離開他以後，就在那個晚上，他死了。」

伊在紙袋裡尋找著別的什麼，卻什麼也沒有找到。伊把那三枚鑰匙玩弄似地推到桌子的中央。它們安靜地躺臥在那裡，發著慵慵的光亮。

「所以，」我說：「你能不能告訴我們，他爲什麼……，比方說罷，是不是有什麼跡象。」

「我們是情人。」伊重又點上伊的一根又長又白的香菸，猛烈地吸著，至于伊的看來有些昏濁的珍珠項圈微微地蠕動起來。

「你當然知道他已經有了妻兒。」我細聲說。

「我當然曉得。」

伊忽然沉默起來。不曉得在什麼時候，音樂早已停了。伊嚅嚅地說：「我當然曉得。」伊輕輕地呷了一口咖啡，還沒放下來，便若有所思地又啜了一口。伊說了：「他的妻子眞好看。我和他一起玩了以後，我還常常看見他帶著一家人郊遊歸來的樣子。他們看來那麼快樂，卻一點都不令人嫉妒。——然而，我對于他，眞是一無所知啊。」

伊似乎有些激動起來。「這樣不是很好嗎？他說。我甚至不曉得他的名字。我爲他起了一個名字，Jason，一個希臘神話裡的航海人。他好喜歡那個名字，因爲他喜歡那航海人的故事。我們都不想多曉得對方的事。這樣不是很好嗎？他說。」

伊似乎有些哽咽了罷。伊低著頭說：「你知道，他不是會傾訴的那種男人。那天，他掛了一個長途電話給我，我正在做一項頂重要的化驗工作。Mr. Abenstein 從來不准在我們工作的時候接電話。我不曉得是他打來的。而況我們剛說好了要分手的。」伊寂寞地笑了起來。

「那就是說，」我迅速地問：「你們有了爭吵？」

伊的臉和微紅的頭髮徐徐地搖著伊的否定的意思。

「他只是說要分開。但我並不太發愁。因爲這已經不是第一次了。他總是過不多久就回來。他總是默默地回到我的身邊；我學會了不去問他，恁他耍著我。這使我覺得彷彿是他從來就不曾離開過。他只不過從一個短暫的旅行裡回來罷了，他回來，看起來那麼疲倦。但他卻總是那麼熱情。」

「林小姐。」我困難地說：「我們覺得，總該有個理由罷。」

「理由嗎？」伊說：「我愛他，杜先生。我瘋狂地愛著他。然而他什麼也沒告訴我。昨天我整天都在想：我愛上了一個航海人；你不曉得他是從那裡來的。只有他在這兒停泊的時候他才來。他來了，因爲他要你。你被他要著，你便沒心思去想別的了。他正就是那個航海人。」

我嘆了一口氣。我一下子不曉得該如何繼續這種詢問了。然而我依舊耐心地說：「我的意思是：他說要分開，總該有個理由，是不是？」

伊沉默起來。沒多久，另外一支音樂就偷偷地響起來了。一個禿著頭的男人帶著墨鏡，在角落的枱子上喝著一大杯橘子水，專心地讀著報紙。

「他說我們的情況是一種欺罔的關係。」伊說。

「他愛他的妻女——是不是這個意思？」

伊努力地搖了搖頭。

「並不是這個意思。他愛他的妻女，是的罷——應該說是的。他照顧他的家庭，像一個好園丁看顧他的果樹園。他常常把小華華舉得高高地，大聲地笑著，兩棟公寓的人都能聽見他。」

「那麼，我便不明白。」

「他說，他原想能因爲他使我快樂，」伊困難地說著：「——使我活著，而盼望他自己也能找到快樂——使他活著的理由。」伊無奈地笑了，彷彿對於自己的話很不滿意的樣子。然而伊繼續說：「但後來他說這是不行的。因爲這是一種欺騙。」

我又開始點上我的香菸。「試試這個。」伊說，把伊的深藍色的菸盒擺在我的跟前來。「一樣的。」我說。伊開始又去撫弄那一堆安靜地躺臥在桌子中央的冷冷的鑰匙。

「你還是不明白的罷？」伊說著，友善地笑了起來。

「不明白。」

伊忽然那麼筆直地望著我。過了一會，伊說：「他是第一個使我滿足的男人。」

我們沉默地抽著各自的香菸。伊把火柴誇張地搖動著，然後丟進煙灰碟子裡。也許只是爲了幫助伊的敍述的緣故罷；但是，伊仍然不能不說是個抽菸很多的女子。

「也許你曉得我是誰家的女兒。」伊啣著香菸的梭形的唇微笑著。提起她的家族，只要連想到我們日常用著的最著名的牙膏和內衣都是伊家的產業，就可以想到伊的豪富罷。報紙上時常登載著伊的父親的消息，而且往往都稱他爲「本省企業界鉅子」之類的。「我們都曉得。」我說。

「我的父親聲稱他有多麼愛戀著我那早已逝去的母親。他每次都在忌日裡爲伊慟哭——至今也是這樣的。」音樂頓時變得十分熱鬧了。伊於是只去抽著伊的香菸。伊的擎著香菸的手，看起來眞像故鄉的又短又肥的鯽魚。你將它從水面釣上來的時候，它便在草地上直直地躺著，一點兒也不跳躍。

「高中二那年，父親從日本帶回來一個女人，還有兩個幼小的孩子。」伊幽幽地說：「我立刻搬出家門，一直都是一個人住著。我因此變壞了。」

伊調侃也似地笑起來。現在我才看出那個禿著頭帶墨眼鏡的男人是坐著睡著了。我原以爲他一直都在聽著我們的談話，正奇異著何以他竟有那麼好的聽力。他的頭，在一定的間隔中微微地向左邊急速地頹落，然後又急速地擺直了。

「然而，他卻是第一個使我滿足的男人。」伊說：「你使我活起來了！我對他說。」伊的背著光線的臉，約略地在一瞬間紅了起來：「那時候，他忽然沉默地望著我。我使你活起來，是眞的嗎？他說。我說：我的父母生了我，而你卻活了我。然後他歡喜地笑起來。——我從來沒有看過一個男人笑得這麼歡悅。現在，他說：現在我爲了使你活著而活著。這是個挺好的理由，他說的。」

這個時候，音樂突然停住了。麥克風開始嗡嗡地響了起來。故鄉的隣鎭，就是一個海濱。記得小的時候在海濱上，把貝殼貼在耳朵裡，便聽見這樣嗡嗡的聲音。太陽最大的季節，整個沙灘都是亮晃晃的白沙。然而武裝的兵，卻永遠向著海，毫不疲倦地孤獨地站著。

「來賓白先生電話。」麥克風重覆地說。

帶著墨鏡的禿頭的男人搖擺著醒來了。他把半杯橘子水滋滋地吸完了。沒有人到櫃台那邊聽電話，音樂於是又響了起來。

「從那以後，他專心地過著我們的那種生活。那時候，他差不多專心於那種生活，到了忘我的地步。能使你的生命那麼樣地飛躍，他說：令我也感染了那種歡悅。然後有一天，他忽然說：birdie（Mr. Abenstein 管我叫 birdie，他說我看起來像他們澳洲的一種堇色的鳥），我們只不過在欺騙著自己罷了。我們分手罷。他說。你不是說喜歡生命在躍動著的感覺嗎？我說：我的父母生了我；你卻活了我。不要忘記。我說。我哭了。然而他依然走了。我依舊每天在天井看見他在四樓刮著鬍子。他看到我的時候，也照樣毫不造作地笑笑。早安，他說，滿腮子都是白色的肥皂泡泡。他照樣在例假帶著他美麗的妻子和小華華出去。他的太太眞漂亮。」

「眞是難以明白的人，」我說：「眞是難以明白的人。」

林碧珍笑起來。現在那個禿了頭的、帶著墨鏡的人開始離去。落地窗外的街道彷彿有些黑暗，然而那熙攘卻加倍了。

「然後他回來了。有時候是一個電話，有時是一封信。birdie，什麼時候我在什麼車站等你。那兒離海水浴場很近呢。你穿那件黃色的縐紋裙子來罷，他說。他回來了，然後他又離去。杜先生，他是個不快樂的人。然而他看起來永遠那麼若無其事——頂多有時候看起來勞頓些罷了。他總是那麼溫和地笑著。」

小男孩爲我們換了兩杯咖啡。「我喝不下了。」林碧珍說。現在我首先把小瓷杯裡的牛奶倒進冒著煙霧的熱咖啡裡。香菸抽多了，喝杯熱咖啡是十分受用的。我們沉默了一會。

「你說前一天他打了長途電話……。」我說。

「嗯嗯。」伊沉吟著說。伊開始爲伊的精緻的腕錶上著弦。「Mr. Abenstein 從來便不准我們在工作中出去接電話。」伊說：「午飯後問接線生，說是並沒留下名字。五點鐘的時候他又打來了。birdie，birdie，他說。他的聲音似乎很愉快。他告訴我他在什麼地方。出差嗎？我說。我幾乎要哭出來了。那兩天我好想念他。不，他說：忽然想旅行罷了。我的眼淚奪眶而下：我的航海人又回來了。Jason，Jason……我喃喃地說。他似乎講了什麼，但我沒聽見，我得馬上去參加一個會報呢，我大聲說：我去看你。然後掛了電話。」

「是的。」我期待地說。

「下了班是連忙趕車到你們那個地方。好在只有那麼一家旅社，我很容易便找到了他。那個時候，他並不在。茶房說他出去了。窗子是開著的，可以看見一片稻田；水渠上弓著一座破舊的小石橋。他的房間收拾得好整潔——他一向是個有秩序的人。桌子有一疊信紙。抱月，小華華，信上寫著。除此以外，什麼也沒寫上。」

「抱月？」我說：「抱月是誰？」

「他的妻子。」伊說。

「不對的，」我開始翻資料袋：「許香，這裡寫著。」

「是他的妻子，」伊落寞地笑了起來：「他說的。這以前我是從來不曾知道他的妻子的名字的。許香，是，不錯的。抱月則是他爲伊取的。」

「哦哦。」我說。

「小時候，曾喜歡著一個年紀相彷彿的，家裡的廚娘的女兒，他說：那小女娃眞漂亮。他緬懷地笑起來。彷彿記得人家都叫伊『抱月兒』，也不曉得該怎麼寫，就按著聲音，似乎是這個『抱月』罷。他說。他因爲面貌的酷似而娶了現在的妻子。」

伊重又拿起一支長腳的、雪白的伊的香菸。我爲她點上火。「謝謝你。」伊說著，漫漫地吐出一縷青色的煙來。

「他從來沒有像那天那樣談論著他的妻子的。伊是個十分柔順的女人，他說，然而故鄉的抱月兒，卻是個十分倔強的女孩，說什麼也不跟他一起玩，害得伊不時因而遭受伊的母親的笞打。每次想起何以小抱月兒竟厭恨自己一至於斯，就是到了現在，他說：也很覺得寂寞哩。」伊幽幽地說：「他的妻子眞漂亮。」

「人家都這麼說的。」

「我從沒見過他像那天那麼愛戀地講著他的妻子。伊的娘家，在山坡上拓種著一個柿子園。這又趕巧使他想起故鄉的蘋果園了：是他說的。伊讀書不多，然而即便已經供給了伊相當好的生活，他說，伊還是事無鉅細，都是由伊每日辛辛勤勤地料理著的。他說：什麼使伊那麼樣執迷地生活著呢？有時候，他甚至想到伊早已知道了他同我的關係，他說，然而伊仍舊快樂地、強韌地生活著，令人恐懼起來。」

「但是我們並不曾找到你說的這張信箋，」我說：「我們只看見一疊空白的，什麼跡痕也沒有。」

「是我給撕掉的，」伊低頭說，微笑起來。

「哦哦。」

「我嫉妒。」伊說：「我從來沒有見過他懷著那麼濃濃的懷念談論著他的妻子的。蔑視一切輕視、冷淡、欺騙而孜孜不懈地生活！他說，這是很可怕的。」

「你們爭吵了。」

「我老遠趕去看他，不能淨聽著他講那些的，是不是？」伊約略有些羞澀地說：「但是你永遠同他吵不起來的。他那麼溫和地笑著。傻瓜，他說。我對他說你不該打這個電話給我——你是個騙子，你一直愛著你的妻子。你雙重人格，你懦弱卑怯——我哭了。」

現在他們淨揀些輕鬆的舞曲放。室內的客人一下子多了起來。兩個年輕的情侶絮絮不休地談著，還旁若無人地親吻著。只有那幾棵室內植物們，像標本一般兀自站立著。

「birdie, birdie,」伊說著，爲了抑制伊的激動而沉默起來：「birdie，他說：你這小傻瓜。我那時眞的抑制不住想打電話給你的衝動呀，他說。他的樣子好落寞。」

伊在皮包裡取出一小方塊綠色的手絹，拭掉發光的淚水。伊歉然地笑了。

「然而，那時候，我卻不知道是生氣呢還是傷心，堅持著要回家。旣來了，明天再回去罷，他說。他試圖要我，但怎麼也不能成功。這使他一下子有些悲愁起來。你一定要回去，就回去也好，他說。我無力地說：把鑰匙還我罷。傻瓜，他說：我會的，但不是現在。」

「然後？」

「然後，我便走了，連夜坐了計程車回來的。」

就是這樣罷，我想：一個厭世者。就是這樣。我把咖啡喝光。「謝謝，」我說：「太打擾你了。」伊笑了笑，說：

「我還以爲他依舊會回來的。他只不過是個不快樂的航海人。」伊拾起桌子上的鑰匙，丟進皮包裡。伊說：「他開我的房門的時候，可以一點兒聲音也沒有。」伊輕輕地吹了驚歎的口哨，然後無可奈何地笑著。

走下「火奴魯魯」的樓梯，伊便活潑地跳上一輛計程車。「再見，杜先生。」伊說。車子便倏忽消失在都市的傍晚裡了。天氣開始有些轉涼了，一陣陣忽然而來的晚風，夾著市聲和灰塵吹來。我想：這次回去，除了帶兩罐咖啡，也得帶罐牛奶罷。

我花了一個禮拜的時間，做了結案的報告。寫著報告的時候，我才深深地體會到尉教官的話：現代的世界，最需要的是一種人生哲學。尉教官一生以宏揚我國固有八德爲聖職，奔波呼號，三十餘年如一日。老實說，我這個一向被尉教官視爲得意門生的，也直到我辦了這第一件差事之後，才曉得方今之世，眞是人慾橫流，惡惡濁濁，令志士仁人疾首痛心。尉教官的先見洞識，何等令人欽佩！

這是一種厭世的自殺事件。只不過是這樣。但在這一事件底背後隱藏著多少國難深重、世道毀墮的悲慘事實！因此，我花了五分之三的篇幅從如何導人慾歸於正流，實踐我國固有八德至理眞法，以收世界和平方正之效。關於和平的眞諦，我記不淸在什麼書上曾經讀過這樣幾句話：

天地一切何以致其「和」？必其「性」是相感應，然後其「能」可相和合。依物理學必是異性才能相感引，同性則相拒斥。或見有同性相感引者，必是其同中有異，所感的在其異性之點，而非其同性之點。所謂異性之屬類至爲繁多，例舉其大者，如生物上之一陰一陽；在人事上之一主一從；在數理上一奇一偶……等，凡事物之相對立者，皆屬異性之別類。宇宙間大如太陽系，太陽爲主爲陽，衆星球是從是陰，其性屬相異故相感引，遂發生太陽系之功能。小如一原子，核子爲主爲陽，衆電子爲從爲陰，其屬性相異故相感引，遂發生其原子之功能。一國家，元首是主是陽，衆臣民是從是陰，其屬性相異，故發生一國家之功能。又於數理上，一三五七九是奇是陽，二四六八十是從是陰，其屬性相異，故發生數學的功能。總之，宇宙之一切能發生相感和之作用，必是感和於其相異之性能而無疑。一個集體中的同異性與別一個集體中的同異性，常起交錯複雜的之感和。整個宇宙就是交錯複雜成爲電磁體系的感和體。

面對這樣混濁的人世，能不有所感慨嗎？尉教官說過：做爲一個現代的安全官員，應該有哲學、倫理學的修養，是一點也不錯的。一個安全官員終日耳目所見，盡是兇淫放侈，如果沒有高深堅定的倫理學的功夫，豈不先人墮落於黑暗和罪惡之中嗎？

當我寫好了報告書的最後一頁的時後，夜已深沉了。妻早已在床上睡著了。燈光下，伊的穿著褻衣的睡態，是十分撩人的。閨房的私愛，也正是先賢聖哲所界定的、有別於天下國家之公愛的人類至情眞道；世界種族便賴之以延發；一切仁愛、慈孝的至倫便是賴之以定立。我的心遂充滿了一種至大的歡喜，至於心爲之悖悖起來。

於是我關了燈。

……。

——一九六七年四月《文學季刊》三期

洪範文學叢書 302
陳映眞小説集 2〔1964–1967〕

唐倩的喜劇

著　者：陳映眞
出版者：洪範書店有限公司
臺北市廈門街一一三巷一七—一號二樓
電話（〇二）二三六五七五七七
傳眞（〇二）二三六八三〇〇一
郵撥　〇一〇七四〇二—〇
行政院新聞局局版臺業字第一四二五號
法律顧問：陳長文　蕭雄淋
初　版：二〇〇一年十月
二　印：二〇〇四年十月

定價二二〇元
（缺頁破損裝訂錯誤請寄回調換）

ISBN 957-674-216-1

國家圖書館出版品預行編目資料

唐倩的喜劇／陳映眞著.--初版.--臺北市：
洪範，2001〔民90〕
面；　公分.--（洪範文學叢書；302）（陳映眞小說集；2）
ISBN 957-674-216-1(平裝）

857.63　　　　90016093